空中ブランコ

奥田英朗

文藝春秋

空中ブランコ／目次

装丁　石崎健太郎
デジタルアート　増田　寛
写真　山本雷太
撮影協力　木下サーカス

空中ブランコ

空中ブランコ

1

地上十三メートルのジャンプ台に爪先立ちし、山下公平《やましたこうへい》は軽く目を閉じ、深呼吸した。手には撞木《しゅもく》。実際は鉄棒だが、習わしでそう呼んでいる。鐘を撞《つ》く木のことだ。握りを確認し、目を見開いた。前方の丸い紙幕を凝視する。空中ブランコの出し物のひとつ、「紙破り飛行」に臨むのだ。

セカンドの春樹が、公平の肩に手を置きタイミングを計る。「イチ、ニイ、サン」いつものように耳元でつぶやき、「ゴー！」と肩をたたいた。

ジャンプ台を蹴る。風が全身に当たる。空中に大きな弧を描きながら、両足を撞木にかける。二度目のスイングで公平は宙に舞った。頭から紙幕に突っ込む。障子紙が音を立てて破れた。目の前に、逆さにぶら下がった屈強な男が現れる。キャッチャーの内田だ。

目が合った。えっと思う。おれの手を見ろよ——。

次の瞬間、公平の腕が分厚い手につかまれた。ただし、バンデージの巻いてある箇所よりずっと手首寄りだ。

またミスだ。最近いつもこうだ。ちゃんと腕をつかんでくれないと、リターンのときに高さが合わないのだ。それに関節に負担をかける。

心の中で舌打ちし、再び空中に弧を描く。スタンドの歓声と拍手が聞こえた。人の気も知らないで——。今度は客に八つ当たりした。

リターンはいつもより反動をつけ、なんとか撞木に飛び移った。おかげで背筋に痛みを覚えた。高い位置でリリースされ、落ちるタイミングで撞木をつかむのが空中ブランコの基本だ。高さが狂うと、すべてに悪影響が出る。

ジャンプ台に戻った。手を広げ、拍手を浴びる。「内田の奴、またキャッチミスだぞ」作り笑いをしたまま春樹に言った。

「そうッスか。よくわかりませんでしたけど」

「恨みでもあるんじゃないのか。こっちは冷や汗もんだよ」

場内のアナウンスが、「次は目隠し飛行です」と告げる。「おおー」というどよめきが湧き起こった。アイマスクを自分ではめる。うしろからは春樹が布で二重の目隠しをした。これで瞼《まぶた》には照明の光すら映らない。

呼吸を整え精神集中した。頭の中で演技をイメージする。きれいに絵が浮かんだ。よし、完璧だ。

春樹がカウントする。背中をたたかれ、ジャンプした。一往復。二往復。三度目の振りで宙に舞った。「はいっ」という声を頼りに手を前に出し、背筋を伸ばす。内田がつかみ損なった。あっと思う間もなく、公平は深い闇へ落下していった。

咄嗟《とっさ》に顎を引いた。両腕を抱え込み、全身の力を抜く。「あー」という観客のため息を聞きながら、セイフティネットの上で二度三度と跳ねた。

内田の野郎――。腹の中で吐き捨てる。「もう一度やりまーす」というMCの明るい声がテントに響いた。

感情を押し殺してジャンプ台に上がった。「公平さん、ドンマイ」春樹が明るく言う。公平は「何が悪かったんだよ」とつっけんどんに言い返した。

「もう少し全身を伸ばした方がいいような気がするんですけど」

「そんなわけあるか。何年やってると思ってるんだ」

新日本サーカスに入団して十年。空中ブランコのフライヤーになって七年。ここ三年はファーストの地位を守っている。つまりリーダーだ。

おまけに生《は》え抜きでもある。両親がサーカス団員で、生まれたときから団暮らしなのだ。二度目の演技に臨んだ。続けての失敗は許されない。プロとしてのプライドもある。

それなのに、公平は「目隠し飛行」を成功させられなかった。今度は、キャッチャーの内田の手に触れることすらなく、ネットに落下したのだ。

二度の失敗は生まれて初めてだった。下から内田をにらみつける。ブランコで逆さになりながらにらみ返してきた気がした。怒りで顔が熱くなった。

舞台監督の丹羽が副調整室でNGを出したらしく、「目隠し飛行」は中止になった。MCが「お金を返せなんて言わないでくださいねー」と観客を笑わせた。

公平はジャンプ台には戻らず、ステージのそでに引っ込んだ。二本のポールの間では、二つのブランコを同時に使った「時間差飛行」が行われていた。若手のフライヤーが喝采を浴びている。

タオルで汗を拭った。指先がかすかに震えていた。東京公演が始まって一週間、ネットに落ちたのはこれで五回目だった。フライヤーとしてこのうえない屈辱だ。

空中ブランコの演技が終わったところで、公平はタオルを拳《こぶし》に巻きつけた。いくら同僚でも許せないと思ったからだ。

引き上げてくるキャッチャーの内田を捕まえ、楽屋で詰問した。

内田は目を丸くしていた。話しても通じないので一発殴った。

あわてて割って入った団員たちに引き離される。公平の奥歯がギリギリと鳴った。

「止めるなよ。みんな、どっちの味方なんだ」

声を荒らげながら、感情がどんどん溢れ出てきた。

団員たちが、困惑した面持ちで公平を眺めていた。


伊良部総合病院神経科は、瀟洒《しょうしゃ》な建物の地下一階にあった。受付とロビーは明るく美しいのに、階段を降りるなり、そこは一転して薄暗く、薬品の臭いが鼻をついた。この落差が公平を憂鬱にした。公平が怪我以外で病院の門をくぐるのは初めてのことだった。

公演終了後、演技部部長の丹羽に事務室へ呼ばれた。舞台監督を兼ねる直属の上司だ。厳しく叱責されるのかと思えば、穏やかに諭《さと》された。

「コウちゃん、腰とかは痛めてない？」

「ううん。全然」首を横に振る。

「じゃあ、疲れてるんだよ」

赤ん坊の頃はオシメを替えてもらったこともある丹羽はそう言った。同じく団員で妻のエリも同席し、「少し休んだ方がいいんじゃない」と表情を曇らせていた。

そして病院へ行くことを——それも神経科を、勧められた。反論したかったが気力が萎《な》えていた。内田を殴ったあと、激しい自己嫌悪に襲われ、息苦しさすら覚えていたのだ。

エリには「眠れる薬だけでももらって来ればいいじゃない」と慰められた。ここのところ寝つきが悪かった。妻に気づかれていたのかと、ばつの悪さで顔が赤らんだ。

病院は総務部のマネージャーに教えられた。公演地で団員の生活全般を見るのはマネージャーの仕事だ。会場近くにあったから、選ばれたのだろう。

ひとつ深呼吸し、ドアをノックした。すると中から「いらっしゃーい」という場違いに明るい声が聞こえた。軽く会釈して中に入る。そこには白衣を着た太った男がいて、一人がけのソファに胡坐《あぐら》をかいていた。歳《とし》の頃は……よくわからないが、自分より年上であることは間違いないと思った。胸には「医学博士・伊良部一郎」の名札がついている。

「さあ、座って、座って」着席を促された。どういうわけか、患者用スツールの前には注射台が用意されていて、それをポンポンとたたいた。いきなり注射？　公平は眉間に皺を寄せた。

「ええと……ここ、神経科ですよね」

「うん、そう」伊良部が、歯茎を出してニッと笑った。「予備問診を見たけど、静岡から来た会社員で不眠なんだってね。通院できないのなら、最初から太い注射でも打っちゃえって。あはは」

「……はあ？」公平は眉間の皺をいっそう深くした。

「おーい、マユミちゃん」

その声に、カーテンの奥からやけに肉感的な若い看護婦が姿を現した。手にしたトレイにはホットドッグほどの太さの注射器が載っている。

「あの、まさか麻酔じゃ……」

「ううん。ただのビタミン注射。ほら、安眠にはビタミン補給がいちばんだから」

「そうなん……ですか？」

疑問をはさむ間もなく、左腕をゴムチューブで巻かれた。マユミという看護婦が注射器を突き刺す。「痛ててて」思わず声をあげた。看護婦が身をかがめる。胸の谷間がくっきりと見えた。香水のいい匂いもした。ふと横を見る。伊良部が顔を上気させ、針が皮膚に刺さった箇所を凝視していた。公平の眉間の皺が、一円玉がはさまるほど深くなる。

東京の医療はこうなのか？　自分の常識が不安になった。

「出張のついでに来たわけ？」あらためて向き合い、伊良部が聞いてきた。

「いえ、この近くに長期滞在しているものですから……」

「長期滞在？　なんだ、じゃあ通院できるじゃん。太いの打って損しちゃった」

伊良部がぶつぶつとひとりごとのように言う。注射台を片づけた看護婦は、隅のベンチに寝転がり、雑誌を広げていた。

「さて。山下公平さん、三十二歳、会社員……と。業種は何？」伊良部がカルテを手に聞く。

「……サーカスの演技部員、具体的に言えば空中ブランコ乗りです」公平は静かに答えた。

「一応、会社組織なので」

サーカス団が株式会社となった今は、猛獣使いも道化師も会社員だ。職業欄にはみなそう書く。

「サーカス？」伊良部が顔を上げる。「なんて名前？　近くでやってるの？」ケーキを前にした子供のように目を輝かせた。珍しがられるのにはもう慣れっこだ。

「新日本サーカスです。中央町駅の操車場跡地で、先週から」

「行く、行く」

身を乗り出し、肩を揺すられる。公平は予期せぬ反応にたじろいだ。

「行こう、これから行こう」伊良部が上気した顔で立ち上がった。白衣を脱ぎ捨て、サンダルから高級そうな革靴に履き替えている。「サーカス、サーカス、うれしいなあ」鼻で唄っていた。

公平はあっけにとられてその様子を眺めていた。

「あのう、今日は月曜で休演日なんですけど」恐る恐る言った。

「うそー。休みなの」

伊良部が眉を八の字にして残念がった。ソファにもたれかかり、大きくため息をついている。

「明日でよければ、招待しますよ」あまりの落胆振りに同情し、ついそんなことを言った。

「ほんと?」伊良部が再び立ち上がる。「約束だよ。指切り、指切り」強引に指切りをさせられた。

「じゃあ、明日からは往診。注射はただにしてあげるね」

「はあ……」言葉がない。この男、本当に医者なのか?

部屋の隅の看護婦を見た。まったく関心がない様子でたばこを吹かしていた。

まあ、いいか。薬さえ処方してもらえれば。公平は早々に退散することを考えた。

「最近、ちょっと眠れないことが多いので、薬を処方していただきたいのですが」

「サーカスを観るなんて何年振りだろう。懐かしいなあ」伊良部が目を細める。

「そんなに強くないやつでいいんです。普段はまるで薬を飲まないので」

「空中ブランコってサーカスの華だよね」

「それから、女房に言われたんですが、胃腸薬も一緒に処方してもらえますか。胃腸が荒れると困るし」

「それで山下さんは、子供の頃から訓練を受けてたわけ？」

「先生、聞いてます？」

「うん。不眠でしょ」

「まあ、そうですけど……」

「学校には行ったわけ？」

「行きました。大学だって出てますよ」

公平はややむっとした。サーカス団は今では立派な就職先で、営業部や業務部は大半が大卒だ。いわゆる曲芸師は演技部という部署に属し、それは全社員の半数以下でしかない。静岡にある本社は自社ビルで、動物を調教するための広い敷地もある。プロ野球の球団同様、サーカスは大掛かりな興行ビジネスなのだ。

「じゃあ、どうしてサーカスに就職したの？」

「両親が団員だったからですよ。最初は親と同じ仕事はいやだと思ってたんですけど、いざ大学に進んで就職時期を迎えたら、普通のサラリーマンは退屈だろうなって考えが変わって……」

「運動は得意だったわけ？」

「身は軽かったですね。遺伝でしょう。でも、まったくの素人が演技部に入ってくることだってあるんですよ。わたしの妻も、綱渡りやショーダンスをやってますが、短大の家政科を出た人間ですから」

「ぼくもできるかなあ」と伊良部。「できますよ」冗談だろうと思い、社交辞令を言った。

「要は訓練です。地上五十センチで渡る平均台を、地上十メートルでもできるか、それが一般とサーカスの差のわけだから、克服すべきは技術よりむしろ恐怖心なんですよ」

「ふうん。そうなんだ」

伊良部はしきりに感心していた。「やるなら空中ブランコかな」などとひとりごとを言っている。

「……あのう、薬の方は」

「薬？　何の？」

やはり聞いていなかったのか——。公平はため息をつき、夜うまく寝付けないことを訴えた。ついでに、最近冷静さに欠けることも話した。人を殴ったなんて、成人して初めての経験だったのだ。

「じゃあ睡眠導入剤を処方して、注射は引き続きビタミン剤を打ってあげるね」

伊良部がにんまりと笑う。顎の肉がゆさゆさと揺れ、中央アフリカからやってきた動物ショーのカバを思い出させた。

「空中ブランコか、楽しみだなあ」

伊良部が遠い目をして、まるでバンジージャンプを翌日に控えたオーストラリア観光客のような言い方をした。自分がやる気でいるのだろうか？　まさかと思い聞かなかった。

「じゃあ明日ね」

てのひらでバイバイをする。つられて自分も同じ仕草を返してしまった。

診察室を出て一階フロアに上がる。一面の窓から差す陽光が眩《まぶ》しくて、現実に返ってきた気がした。夢じゃないよな、と公平は一人頰をつねった。


ハウスに帰ると、妻のエリが三歳の息子、洋輔と遊んでいた。ハウスとは団員が公演地で暮らすトレーラー・ハウスのことで、公平のサーカス団では略してそう呼んでいた。巨大テントの裏手に何台も設置してある。

「お昼ご飯、デニーズにしない?」

妻に言われ、了解した。休みの日は家事から解放する約束をしている。

一年のうち約四十週間は巡業生活だ。ハウスにはキッチンから風呂まですべて揃っている。まさに「家」だ。公平が小さい頃はここで育ち、学校にも通った。だからキリンやシマウマはどこの家庭にもいるものだと思っていた。そして何回転校したかわからない。たいてい二ヶ月で、やっとできたばかりの友だちと別れなくてはならなかった。そのぶん身内の結束は強く、サーカスの子供たちは全員が兄弟だった。気心が知れた一生の友だった。

もっとも最近では、サーカスの舞台裏もすっかり様変わりした。日本の社会同様、核家族化したのだ。ホテルやウィークリー・マンションに住む夫婦が増え、子供ができれば単身出張を選んだ。若い団員たちは自家用車を乗り回し、外食を好んだ。団長は「社長」になり、見習いは「インターン」になった。社員を広く募集し、公平のような生え抜きはほんの一握りになった。サーカスは、組織全体が近代化し、ついでに個人主義化したのだ。

とくに新日本サーカスでは、この秋に大幅な組織改革があった。経営難のスタントチームを傘下に収め、その俳優たちを団員として迎えたのだ。

知らない顔がいっきに増え、団内に派閥めいたものまでできた。

「若いくせに昔気質《かたぎ》なんだから」と妻はからかうが、公平はやっぱり家族主義が好きだった。合理化がすべていいとは思えない。

「お義父《とう》さんから電話があった。洋輔の顔が見たいから次の休みは帰って来いって」エリが言った。

「やだよ。日帰りなんて面倒くさい」

父と母は現場を離れ、本社で総務の仕事をしている。熊の調教師だった父がパソコンに向かっているのだから、世の中変われば変わるものだ。

親子三人で敷地の外に出る。ナイロンシートの塀越しに、キリンのキー坊が呑気そうに顔を出していた。サーカスのこんな光景が、公平は大好きだ。

2

翌日の午前九時に、伊良部は現れた。警備当番の若い団員が、「主任にお医者さんがおみえです」と呼びに来たのだ。

「往診だそうです。看護婦さんも一緒です」

本当に来たの？　しかもこんな朝っぱらから。

「山下さーん」行ってみると、伊良部が通用口で手を振っていた。うしろには黄緑色のポルシェが停まっている。「開演前に練習とかするんでしょ。だったらぼくも混ぜてよ」写真に収めたいほど、うれしそうな顔をしていた。ぼくも混ぜてよだって？

「その前に注射ね」鞄をポンポンとたたく。公平はあっけにとられるばかりだった。

常設の保健室で注射を打たれた。同行した看護婦は、白衣ではなく豹柄のホットパンツを穿《は》いていた。伊良部はジャージ姿だ。理解困難な二人組だった。

息子の洋輔がやって来て、伊良部と並んで注射針が刺さるところを観察していた。「じゃあ次はぼく」看護婦に真顔で言われ、一目散に逃げ出した。

追い返すわけにもいかないのでテントに案内した。伊良部には一輪車を与えることにした。これなら怪我の心配はない。

中では、インターンたちが空中ブランコの練習をしていた。入団間もない新人たちだ。彼らは場内整理や売店の仕事をしながら、一人前の演技部員を目指すのだ。

「大きなテントだね。体育館ぐらいあるんじゃないの」伊良部が中を見回し感嘆の声をあげた。

「今年になって新調したんですよ。木下サーカスやキグレといったメジャーに少しでも追いつこうって——」

サーカス興行は多くが淘汰され、近代化した企業だけが生き残っている。新日本サーカスは、全部で五団体あるうちの五番目だ。

公平の姿を見つけ、全員が挨拶をした。「おう」と上司風を吹かせる。

ふと見上げると、中央のブランコには、キャッチャーの内田がぶら下がっていた。公平とは同い年で、元はスタントマンだ。当初はバイクの曲乗りがメインだったが、先月からは空中ブランコも担当することになった。どうやら内田が若手の練習相手をしているようだ。

勝手な真似をしてくれるものだ――。公平の中で、そんな気持ちが湧き起こる。テリトリーを荒された気がした。

一昨日の一件があるので、気まずい空気が流れた。「おはよう」公平から声をかける。「おはようございます」内田は無表情に返事した。

「主任、ご一緒の方はどなたですか」若手の一人が耳元で言った。

「ああ、この近くの病院の――」

そこまで言って目をむいた。伊良部がポールの梯子《はしご》を昇っていたのである。

「先生、何をやってるんですか！」思わず声を荒らげた。

「やっぱり空中ブランコがいいんだもーん」語尾を伸ばして言っている。

「だめですよ。落ちたらどうするんですか」

「平気、平気。ぼく、結構身軽だし」

うそをつけ。軽く百キロはあるだろう。

アルミ製の梯子が弓のようにしなっていた。ヒュンヒュンと音まで立てている。みんなが呆然としている間に、伊良部はジャンプ台に上がってしまった。上にいたインターンが場所をあける。

「うわあ、思ったよりずっと高いんだ」

当たり前だ。ビルの三階に相当するのだ。

公平は焦った。どうやって降ろすか。素人は梯子で降りるのがいちばん危険なのだ。

「先生、こうなったら飛び降りてください。ネットに落ちる瞬間は、顎だけ引いてあとは全身の力を抜いてください。足をつくのではなく、お尻と背中から落ちてください。それから

――」

伊良部が撞木を手にした。

「馬鹿。そんなもん渡すな」

まだ十代のインターンが、伊良部の言いなりになっている。「どういうタイミングで飛ぶわけ?」という問いに、律儀に答えていた。

「おい、止めろ」

「じゃあ、行くよー」

伊良部は真剣な目つきで前方を見ると、躊躇《ちゅうちょ》なくジャンプ台を蹴った。

「うわっ」公平は目を覆った。

伊良部は撞木にぶら下がると、大きな弧を描いてスイングした。キャッチャーの内田が、反射的にタイミングを合わせようとした。

「おい、無理だから受けるな！　一緒に落ちるぞ！」

もっとも、伊良部は飛び移る以前の段階で落ちた。体重が重すぎて、自分の腕が耐えられなかったのだ。

伊良部がネットに跳ねる。運良く尻から落ちてくれた。そこがいちばん重いからだろう。受け身を知らないので、トランポリンのように何度も跳ねていた。

「うひゃー」「ひえーっ」奇声をあげている。

インターンたちは、新種の動物を見るような目で眺め、ひとことも口を利かなかった。

「山下さん、もう一回ね」

「何を言ってるんですか」

「いいじゃん、いいじゃん」

「だめですっ」

公平が目を吊り上げると、伊良部はいたずらっ子のように口をすぼめていた。


伊良部は午前十一時からのファーストステージをリングサイドの最前列で観た。スタンド席の方が観やすいと勧めても、「前がいい」と言い張り、譲らなかったのだ。自動車で前の座席に乗りたがる子供と同じだった。

観客をステージに上げての出し物では、いの一番に伊良部が名乗り出て、ピエロに遊ばれていた。本当は客席にサクラがいて、身内がやるはずだった。はじめピエロは戸惑っていたが、すぐに呼吸が合った。引き上げてくるとき、「あの人、主任の仕込み?」と聞かれた。真剣になるので思うツボなのだそうだ。

「じゃあ、また明日ね」終演後、伊良部が控え室に来て言った。また来るの? 言葉に出しそうになる。

「先生、病院はいいんですか」

「うん、平気。受付には全部内科に回せって言っておくから」

適当な感想が浮かんでこなかった。また頰をつねってみた。

看護婦は公演の間、テント裏でずっと檻の中のヒョウを眺めていた。エリが「気に入ってたみたい」と教えてくれた。この女もわけがわからない人間だった。

ちなみにこの日のショーでも、公平は空中ブランコに失敗した。もっとも基本的な「足掛け飛行」で落下したのだ。回転も何もない、ただ撞木に両足をかけてスイングし、キャッチャーの腕をつかむだけの技である。

もちろん内田のせいだった。目が合ったのではっきりとわかった。ぎこちなく頰をひきつらせていた。

落下以降は、丹羽の指示により補助に回った。主だった飛行はすべてセカンドの春樹に任せた。

公平はなんとか自分を落ち着かせようとした。主任という立場上、これ以上チームワークを乱す行為はできない。反省もしてみた。自分の側に原因があるのでは、と。しかし、思い当たるはずもなかった。こちらはいつも通りの演技をしたのだ。

試しに、元キャッチャーの丹羽に練習台になってもらい、いくつかの飛行を試みた。すべて成功した。そうなると、じんわり腹が立ってきた。いやがらせとしか思えない。

「キャッチャー、別の人に代えてくれない？」公平は丹羽に直訴した。

「だめだよ。せっかくレギュラーを固定できたのに」

丹羽は即座に却下した。野球のキャッチャーと同じで、受け手は「女房役」と言えた。演技の鍵を握るポジションにいるのだ。

「じゃあぼくのときだけ代えてよ」

「コウちゃん、頼むよ。無理に決まってるじゃない。演技の途中で交代していたら、ショーが途切れちゃうでしょう」

「その間、ピエロ・ショーでつなぐとかさ。『紙破り』と『目隠し』は見せ場だし、多少もったいをつけてもいいんじゃないの」

丹羽は机に頬杖をつくと、なにやら考え込んだ。

「コウちゃん、最近どうしちゃったのよ。以前は率先してチームをまとめてくれてたリーダーが、どうして和を乱すような態度を取るわけ」

「ひどいな。乱してなんかないよ」むっとして言い返した。「それにチームをまとめるもなにも、最近じゃあ仕事が終わると、みんなバラバラじゃない」

「そりゃあ、アフターファイブは個人の自由だもん。仕方ないさ」

「内田なんか、ハウスに近寄りもしないし」

「内田君は元々東京の人間だろう。東京公演の間ぐらい自宅から通うのは当然さ」

「じゃあせめて独身の若手はハウスで合宿させるとか」

「それも個人の自由。公演は二ヶ月の長丁場なんだから、一人になる時間は必要なの」

「昔はそうじゃなかったのにな」公平が椅子に座ったまま伸びをする。

「また年寄りみたいなことを」

「子連れだって、うちぐらいのものだし」

「時代が変わったの。それくらいわかるだろう。設備とか福利厚生とか、うちがいちばん遅れてたんだぜ。組織改革をして大手に追いつかなきゃ。それに、今後は外タレとの契約だって増えて、そうなりゃあ国際化も必要だし。要するに、昔気質には限界があるわけよ」

「昔気質、ね」自嘲気味に言った。

「コウちゃんは演技部の次期部長なんだから、もう少し考えてくれなきゃ。内田君とも話し合いを持って、一昨日のこともちゃんと謝って――」

公平は黙って鼻に皺を寄せた。

「ところで、医者には相談したの？」

「うん、眠れる薬はもらったけど」

「いや、その……」丹羽がなにやら言いにくそうにしている。「カウンセリングとかは受けなかったわけ？」

「カウンセリング？　何の？」

丹羽が考え込むような素振りを見せた。「いや、いいんだ」曖昧に言って話を打ち切った。

公平は肩をすくめ、事務室を出た。夕日を浴びてテントがオレンジ色に染まっている。その脇では、キリンのキー坊が無心に干し草を食べていた。

春樹が目の前を小走りに行く。「おい春樹、うちで晩飯、どうだ」公平が声をかけた。

「すいません、ちょっと先約があるので」

手を左右に振り、一瞬頬をひきつらせた。どこかよそよそしい態度に見えた。

訝《いぶか》りながら背中を目で追う。駐車場に内田のワゴンが停まっていて、春樹が乗り込んだ。中にはすでに数人いる。スタントチームからやって来た若手団員たちだとわかった。

公平は理解した。内田に夕食に誘われたのだ。あるいは、自宅に招かれ奥さんの家庭料理を振舞われるのかもしれない。

少なからずショックを覚えた。自分は、誘われていない。

「おれ、悪いことしたか？」キー坊に聞いた。

キー坊は公平に一瞥《いちべつ》をくれると、大きなゲップをし、また食べる作業に戻った。

伊良部は本当に翌日も現れた。シャネルの上下のジャージを着ていた。そういうものが実際にあるのかは知らないが。

まずは注射を打たれる。ビタミン注射は毎日打って効果が表れると伊良部が言うので、従うほかない。

息子の洋輔がすっかり興味を示し、伊良部と並んで食い入るように見つめていた。ただし終わるやいなや逃げ出した。看護婦が、冗談とは思えない面持ちで、注射器を手に追いまわすからだ。

「ゆうべ考えたんだけど、空中ブランコって技術よりコンビネーションだね。一人でやる空中アクロバット・ショーなんかに比べれば、技の難易度はそう高くないわけだから」

練習を見学しながら、伊良部がのんびりした口調で言う。まるっきりの馬鹿、というわけではなさそうだ。確かに空中ブランコはサーカスの華だが、習得に時間を要するのは、アクロバットやバランス物のソロ演技だ。

「昨日は手が滑っちゃったけど、今日はちゃんと松脂《まつやに》をつけるから」

公平が軽くのけぞる。「……先生、まだやる気なんですか」

「うん。中途半端はよくないしね」

言い終わらないうちに梯子を昇りだした。「ちょっと……」伸ばした手が空を切る。

仕方がないので命綱をつけることにした。どこに落ちても怪我だけは免れる。

公平もジャンプ台に上がった。なんでおれはこんなことに付き合っているんだ、と思ったが、自分でもわからなかった。伊良部は非常識だが、抵抗する気が起きなかった。見物したい、と思わせるのだ。

「先生、逆上がりはできます？」公平が聞いた。

「ううん、できない」

当たり前か。口の中でつぶやく。その巨体では懸垂すら困難だろう。

「通常だと両足を鉄棒にかけて、逆さにぶら下がって飛び移るんですけど、先生は手でぶら下がってればいいです。飛ぶ必要はありません。振り子みたいに何回かスイングして、また戻ってきてください」

「なによ、飛び移るのはなし？」

「無理でしょう、最初からは」

不満そうな伊良部に撞木を手渡す。「いい？」と聞くので「どうぞ」と答えたら、伊良部はすぐさまジャンプ台を蹴った。

「やっほー」無邪気にスイングしている。

公平は虚を衝《つ》かれた。かつてバンジージャンプのイベントを主催したことがあるが、十人が十人、なかなか飛ばなかった。「飛んでいいんですか？」としつこいくらい聞き返してきた。伊良部にはそれがない。

なんて思い切りのよい人間なのか。ふつうは躊躇するものだろう。

伊良部は三回スイングしたのち、ジャンプ台に戻った。

これも公平には驚きだった。たいていの初心者は腰が引けるため振りが小さくなり、戻って来られないことが多い。伊良部は、体重や腕力といったハンディを、思い切りのよさで乗り越えているのだ。

「ねえねえ、やっぱり飛び移るやつ、やらせてよ」

「いや、それは……」公平が口ごもる。でも見たい気もした。

センターにいる内田に聞いてみた。「何キロぐらいまでなら受けられる？」

「さあ、フライヤーはみんな六十キロ前後ですから、それ以上の経験はありませんが」

「先生、何キロですか？」

「七十キロぐらいかな」

顎の肉を揺らし、しれっと言う。聞こえない振りをした。

「いいですよ、やってみましょう」

内田が言うので飛び移らせることにした。いつの間にかほとんどの団員が見物に来ていた。

「先生、いちばん高い地点に行ったら、反動をつけずにそのまま落下してください。前に手を伸ばせばキャッチャーがつかんでくれます」

「うん、わかった」あっさり言った。

タイミングを計り、伊良部の背中を押す。するりと押されて離れていった。無駄な力がどこにも入っていない。見事な弧を描く。

もしやこの男、只者ではないのかも——。公平は目を見張った。

それは買いかぶりだった。伊良部は手を離すタイミングが遅く、内田の手が届く範囲にいなかったのだ。

「あれー」伊良部が、時代劇の娘役みたいな声をあげてネットに落ちていく。しばらく毬《まり》のように跳ねていた。

けれどギャラリーからは、どよめきと笑い声が起こった。体積があると、失敗しても絵になるのだ。

「珍しい素人だね」下に降りると丹羽が感想を言った。「緊張とか、恐怖心とかを置き忘れてる感じ」

その言葉を聞き、伊良部のことが少しわかった気がした。

乳児が蛇を恐れないのは、勇気があるからではなく、それが何か知らないからだ。伊良部もきっと同じだ。何も考えていないのだ。

「成功したら本番でやらせてね」伊良部がにんまりと笑う。ありえないことではないと思った。この男ならアクロバティックなことをしなくても、普通に飛び移るだけで見世物になるだろう。

伊良部は綱渡りにも挑戦したが、そちらは話にならなかった。平衡感覚というものが基本的にないことが判明したのだ。五センチと進まない。二度、股から落ちてもんどりを打っていた。

「この人、メンタル面とフィジカル面の性能差が極端なんだよなあ……」

丹羽が顎を撫でながら、つぶやいた。


その日、公平は空中ブランコを休んだ。丹羽の命令だった。これ以上恥をかきたくないので、黙って従った。

その代わりソロの椅子芸をプログラムに加えてもらい、公平が演じた。丸太に板を載せ、その上に木製の椅子を七つ積み重ね、最上部で逆立ちをするという難易度の高い芸だ。見事成功させ、やんやの喝采を浴びた。春樹に「さすがですね」と言われ、気をよくした。まだまだ自分は演技部のエースだ。この座を人に譲ることはない。

夜になって、公平は若手団員たちが共同で借りているウィークリー・マンションを訪ねた。エリに料理を作らせ、缶ビールと一緒に持参した。この際、新しく入った若手とも仲良くなっておこうと思った。団育ちの古参である自分は、もしかするととっつきにくい存在なのかもしれない。

上司の突然の来訪に若者たちは驚いた様子だった。あわてて散らかった部屋を片付けようとする。「いいから、いいから」笑って制し、和室に胡坐《あぐら》をかいた。

あらためて見ると、みんな幼い顔をしていた。十代だって混じっているのだ。

「仕事には慣れたかな」若手たちを見回して言った。「何かわからないことがあったら遠慮なく聞いてくれよな」

「ええ」「はい」答えが返ってくる。

なんとなく、ぎこちなかった。そもそも自分の言葉遣いが固いのだ。

「うちの女房の手作り料理。食えよ。飯はもう済んだの？　若いんだから、いくらでも入るだろう」

それなのにもっとジジ臭いことを言っていた。若手たちが緊張している。ええと、軟らかい話題を探さなくては——。

「みんな、彼女とかはいるの？」

言いながら後悔した。まるっきりオッサンの会話だ。しかも唐突。

「おれたちが若い頃は、行く先々にコレがいたもんさ」

つい小指を立て、顔が熱くなった。いかん。打ち解けるどころか、みんな引いている。

沈黙が流れた。テレビの歌番組だけが華やいだ声を流している。

「君らも、内田君の家にはよばれたわけ？」なんでおれはこんなことを聞いているのか——。

「あ、いや、ほら。彼は若手に人気があるみたいだから」汗が出てきた。

「……ええ、一度遊びに行きましたけど」

一人が、警戒している様子で答える。その目を見たらますます焦った。

「彼はいい奴だよ。キャッチャーとしては半人前だけど。空中ブランコの受け手っていうのはね、なにがなんでもキャッチしてやるって意気込みがないとだめなポジションなわけ。落としたら自分のせい。そう思うくらいの責任感がないと務まらない、というか、やっちゃいけないっていうか——」

どうしてこうなるのか。人を中傷する気などないのに。これじゃあ、まるで新参者の悪口を言いに来た厭味な古参上司だ。

若手たちは答えに窮し、うつむいていた。沈黙が怖くて、公平は一人でしゃべった。サーカス団員の心構えのようなものまで説いてしまった。

三十分で逃げるように退散した。帰り道、激しい自己嫌悪に襲われた。

彼らは今頃、噂をしているにちがいない。「あの人、なに？」と。

それを思うと叫びたくなった。我が家であるはずだったサーカス団で、自分は浮いた存在になろうとしている。

3

伊良部はすっかり開演前の特別練習生となっていた。毎日、ポルシェに乗ってやってくるのだ。

いくら医師という立場でも、これは異常なことだった。事故が起きた場合を考えると、部外者を練習に加えることなどあってはならない。前例だってない。それなのに、現場責任者たる丹羽が笑って見ているのだ。

「あはは。最高だね、コウちゃんの主治医」

いつの間にか公平の主治医ということになっていた。

周囲もさして不思議がらなかった。伊良部を、すでにいるものとして扱っていた。中には、新入団のピエロだと思っていたインターンがいるほどだった。

ちなみに看護婦はその間、檻の前でたばこを吹かしながら、ヒョウを飽きずに眺めていた。

「あとちょっとで、ぼくもフライヤーになれるね」

落下にもすっかり慣れた伊良部が相好をくずす。冗談ではなくなった。スイングして正面姿勢で飛び移るだけの基本技だが、あと少しでできそうなのだ。

もちろん、それが普通の人間なら珍しくもなんともない。度胸を決めれば、芸能人が三日練習して新春隠し芸大会に出られる程度の技だ。しかし、伊良部だと事情がちがった。熊が乳母車を押したらそれだけで見物人が集まるように、絵になるのだ。

キャッチャーの内田も協力する姿勢を見せていた。「余計な力がまったく入ってない」と驚いている。それを受け、丹羽が解説した。

「溺れている人を救うとき、しがみつかれたら共倒れだろう？　伊良部先生はそれをしないから救いやすい。パニックにならない人なんだよ。能力と言うより特異体質だね」

「えへへへ」伊良部は、満更でもない顔で頭を掻いていた。褒められたと思ったらしい。

伊良部の練習を見ていたら、公平は自分もやりたくなった。丹羽や後輩たちが見ている前なら、内田だって妙な気は起こすまい。内田は、本番のドサクサで腹黒い真似をするのだ。

「じゃあ、ぼくがお手本を見せましょう」そう言ってジャンプ台に上がった。

手首をほぐし、撞木につかまる。足場を蹴り、スイングに入った。

一回、二回と弧を描きながら、センターの内田を見る。タイミングが合っていることを確認して、両足掛けのぶら下がり姿勢をとった。あとは飛び移るだけだ。

ブランコが振り切ったところで足をリリースした。顔を上げる。ぎょっとした。

距離が、全然足りないのだ。

内田の差し出した手は、五十センチも向こうにあった。

公平の手が空を切り、真っ逆さまに落ちていく。あわてて体を捻り、背中からネットに落ちた。うまく受け身がとれず、二、三度跳ねた。呆然として内田を見る。内田は、逆さにぶら下がったまま、硬い表情で公平を見下ろしていた。

めまいを覚えるほど、激しく血が巡った。これほどの侮辱はないと思った。団員たちが見ている前で、恥をかかされたのだ。

頬をひきつらせながら、ネットから降りる。メンツが丸潰れだ。少なくとも黙って済ませるわけにはいかない——。

丹羽と目が合う。困ったような、憐れむような、うろたえた様子の視線を投げかけてきた。一緒に怒ってくれないのか？　内田をチームから外すべきだろう？

続いて春樹を見た。青い顔でさっと視線をそらした。怪訝《けげん》に思い、周囲を見回す。今気づいたが、全員が黙りこくっていた。若手たちは誰一人として公平を見ようとしなかった。そこには同情の空気があった。

今度は血の気が引いた。どういうことなのか。わけがわからない。何か考えようとしたが、うまく頭が回らなかった。

「チッチッチ」伊良部が、外人みたいに人差し指を立てて振った。「山下さん、腰が引けてる。ぼくがお手本を示すから」

何を言うか。この素人が。

「あっ、怒った？　冗談、冗談。あははは」

「ちょっとトイレ……」見え透いた言い訳をして、公平は逃げるようにその場を離れた。額にびっしょりと汗をかいていた。

キリンのキー坊がつながれた檻に入り、干し草のキューブに腰を下ろした。手で顔をこする。自分を落ち着かせようとした。

おれはみんなから疎《うと》まれているのだろうか——。そんな疑念が湧いた。人が増え、演技部は一気に平均年齢を下げた。三十二歳のフライヤーは、もう若くない。一線を退いてくれということなのか。

いいや、それなら丹羽がちゃんと話してくれるはずだ。そんな陰湿な人間ではない。

それとも、内田が何かを画策しているのだろうか。若手を味方につけ、次期舞台監督のポストを狙っている——。ばかばかしい。かぶりを振った。こんな小さなサーカス団で。

じゃあ何なのか。どういう理由が隠されているのか。

公平は深くため息をついた。頭は混乱するばかりで、まったく整理ができない。

ただ、ひとつだけ言えるのは、内田があからさまな拒絶の態度を見せ、それに対して周囲は何も言わないということだった。

「うひゃー」

テントの中から伊良部の嬌声が聞こえた。場の緊張が解けたのか、団員たちの笑い声もした。

なんなのだ、あの男は。人の気も知らないで。そもそも赤の他人が、どうしてここまで入っていけるのだ。遠慮というものはないのか。

キー坊が首を下げ、くわえた干し草を公平の頭に振りかけた。

「何すんだ、この野郎」腕を回し、ヘッドロックをかました。抵抗するでもなく、口をもぐもぐと動かしている。九歳になるキー坊とは、身長二メートルの頃からの付き合いだ。キリンだけが自分の友だちのような気がした。

その日のステージは空中ブランコに出演した。もはや意地になっていた。いやがらせができるものならしてみろ、という気にもなっていた。丹羽は困惑した表情で、「お客さんのことを考えてよ」と力なく言うだけだった。

そして失敗した。練習同様、五十センチも離れていたのだ。大きなショックを抱え、途中退場しながら、公平ははたと思った。キャッチャーがぶら下がるセンターのブランコが、元々遠い位置にセットしてあるのではないか。

サーカスのテントは、天井にブランコや命綱を引っかける足場があった。そこにいる人間が、公平が演技するときだけ、センターのブランコを遠くに移動させるのではないか。

照明を手で避けながら凝視すると、天井にいるのは、内田と一緒に入社した元スタントマンたちだった。

これでわかった。外様《とざま》組の陰謀だ。自分を現場から追い出そうとしているのだ。

早速、丹羽にこのことを伝えると、「コウちゃん、気は確か?」と顔をのぞき込まれた。

「どうしてショーの最中にそんなことができるのさ。キャッチャーを乗せたままブランコの取り付け位置を変えるなんて、不可能に決まってるだろう」

「いいや、あいつらならやりかねない」

「もうだめ。業務命令。コウちゃんは、しばらく空中ブランコのチームから外す」

「あのね、それが内田たちの思うツボなのよ。ここは意地でも――」

「コウちゃん……」なぜか丹羽に肩を抱かれた。腕をやさしくさすられた。


夜になって、夕食のあと、エリに休暇を取ることを提案された。

「来週からでも、親子三人でハワイに行かない？　仕事抜きで旅行に出かけるなんて、洋輔が生まれてからは一度もなかったじゃない。丹羽さんに聞いたら、一週間ぐらいなら休んでも大丈夫だって」

流しで食器を洗いながら言う。明るい口調だった。

「そんなのだめだよ。公演中に、どうしておれたちだけ休めるのさ」

「人も増えたし、これからはローテーションを組んで公演中でも休暇が取れるようにするんだって。最初に主任のコウちゃんが休めば、若い人たちも休みやすいじゃない」

「あっそう。でも今は休みたくない」

「どうしてよ」

公平は、それには答えないで新聞を広げた。自分がいなくなれば、内田がリーダー役になるだろう。春樹たち生え抜き組も、取り込まれる可能性が高い。

「ハワイ、行きたいなあ」エリが甘えた声を出す。

「おまえ、内田のことはどう思ってる」公平が聞いた。

「内田さん？　いい人なんじゃないの。無口だけど一生懸命やってるし」

「いい人？」気分を害した。「おまえ、おれが何度も落とされたのを見ていないのか。あれはどう考えても故意だぞ」

「……コウちゃん、思ってること言っていい？」エリが新聞を取り上げ、折りたたんだ。テーブルの正面に腰を下ろす。「もう少し、人に対してオープンになった方がいいと思う」

「どういうことよ」

「前から感じてたけど、警戒心が強いのよ。人のこと、じっと観察するようなところがあるし」

「あのなあ、人を疑り深い人間みたいに言うなよ。慎重なだけさ。それに、親しくなれば義理人情には厚いつもりだぜ」

「そりゃあ、深く付き合うことって大事だとは思うけど、今は会社が大きくなろうとしているときだし、何でも受け入れる心の広さが必要って言うか――」

「おれは心が狭いってか？」公平は口をとがらせた。

「そうじゃない。伊良部先生みたいな開けっ広げな部分があった方がいいんじゃないかって、そういうことが言いたいの」

「伊良部？　どうしてあの精神科医の名前がここで出てくるのよ」

「なんとなく。ぱっと浮かんだから」

公平の頭にも伊良部の顔が浮かんだ。ゆさゆさ揺れる顎の肉も。

「あの医者、おかしいよ。いい大人が、病院をさぼって、サーカスに弟子入りだぞ」

「おかしいけど、好かれてる。みんな、伊良部先生が来るのを楽しみにしてるし」

「面白がってるだけ。珍しいんだよ」

「でも、癒《いや》し系っていうか……」

「癒し系？　あの風船みたいな男が？　そうじゃなくて、こんな変な奴でも生きていけるのなら世の中はまだ大丈夫だっていう、そういう安心感なの」

「じゃあ、それでもいいけど、周りをらくにさせるっていうのは大事な性格だと思う」

「うるさい。とにかくおれは休まない」

椅子にもたれ、足を前に投げ出す。エリは不服そうに口をすぼめていた。

「なあ、おい」公平がたばこに火をつけて聞いた。「……おれを現場から外そう、とか、社内でそういう話でもあるわけ？」

「はあ？」エリが顔をしかめる。「ないわよ。あるわけないじゃない」

天井に向かって煙を吐いた。黙ってエリを見つめる。洋輔のことを考えたら行く行くは本社で裏方に回った方がいい、きっとそんなことも考えているのだろうな——。

「なによ。言いたいことがあるなら言いなさいよ」

「べつに」

三口吸っただけでたばこを揉み消した。休暇は、丹羽がエリに勧めたことにちがいない。昔は「頼むから休まないでくれ」と言われていた。今では逆だ。自分は、頼りにされていないのだろうか。

伊良部の空中ブランコは、あと少しで成功というところまできていた。内田がキャッチできるようになったのだ。百キロを超える巨体を、ズンと捕まえ、見事にスイングした。だから正確に言うなら、伊良部ではなく内田の上達と言うべきだろう。普通のフライヤー二人分の伊良部を、キャッチするコツをつかんだのだ。

最初にキャッチしたときは全員からどよめきが起こった。「おおー」あちこちで白い歯がこぼれた。

ただし、リターンはかなり困難であるように思えた。一回スイングしたところで手を離し、空中で百八十度体を回転させ、再び元のブランコに飛び移るのだが、伊良部は体が回らないのだ。

「先生、首だけ回してどうするんですか」

この頃になると丹羽が熱心に指導していた。

「おかしいなあ、イメージ的には回転してるんだけどなあ」

懸命に首だけ回す様が笑いを誘った。

宙に舞う伊良部は、海面に出現したクジラに似ていた。ああそうかと公平は納得がいった。

これはホエール・ウォッチングと同じなのだ。だから団員がみんな見物に来るのだ。

「なあ、コウちゃん。伊良部先生、本番でも行けるんじゃないの」丹羽がうれしそうに言った。

「リターンはできなくてもいいさ。一回スイングするだけで、お客さんは大喜びだぜ」

「マジですか？　あの人は団員じゃないんですよ」公平は目をむいた。

「契約を結べばいいじゃない。もちろん保険は掛けるし」

公平は一人かぶりを振った。自分が連れて来たとはいえ、この打ち解け方は尋常ではない。

なぜ伊良部がここにいるのか、誰も疑問に思わないのだ。

注射を打たれたあと、伊良部と話をした。

「先生、たいした人気ですね」

「でもさあ、注射を打ってあげるって言うと、みんな逃げるんだよね」

「そりゃあそうでしょう」苦笑した。

伊良部はどうやら注射を打つのが趣味らしい。針が皮膚に刺さる瞬間、目がらんらんと輝くのだ。公平はどうでもよくなっていた。こういう生き物だと、思うことにした。

「サーカスの楽屋裏はどうですか」

「うん、楽しいよ。みんな親切だし。大きな家族っていう感じだね」

お茶と一緒に出した饅頭を頬張って言う。看護婦の分も食べていた。

「以前はそうだったけど、今はどうですかね。派閥もあるし、足の引っ張り合いもあるし」

「ふうん、そうなの？」伊良部が物足りなそうにしているので、饅頭を箱ごと出してやる。

「あの、キャッチャーの内田。どう思います」

どうせ部外者という気楽さから、ついそんなことを聞いてしまった。

「わたしのとき、受けようとしないでしょう。あれ、わざとなんですよ」

「そうだったんだ。あいつめー、人をさんざんネットに落としておいて」

「へ？」

「変だと思ってたんだ」伊良部が顔を赤くする。「やっと飛び移れたけど、昨日までは意地悪されてたんだ」

「いや、それは……」

「リターンだって、もっと高く上げてくれれば――」

「先生、それは言いがかり。先生の場合は、内田が努力してキャッチできるようになったんですよ」

「……そう？」

「そうですよ」

なんという恩知らず。内田を弁護したくはないが、一緒にされるのがいやだった。

「それよりわたしですよ。何度も見たでしょう、ミスする現場を。しかも本番で。ブランコの位置を変えたのか、スイングを小さくしたのか知らないけど、受ける気がまったくないじゃないですか」

「わからないなあ」伊良部が饅頭に手を伸ばす。

「五十センチも離れた所で手を出して、信じられませんよ」

「へえー、そうなんだ」むしゃむしゃと食べている。

「これは陰謀です。よそから来た連中が、わたしを現場から追い出そうとしてるんですよ」

「ふうん」気のない返事をする。口のまわりに餡《あん》を付けていた。

「先生、聞いてないでしょう」

「ごめん、なんだっけ」

公平がため息をつく。話し相手が欲しかったので、もう一度説明した。

「陰謀ねえ。だったらビデオにでも撮って、証拠を突きつければ」

伊良部が軽い調子で言い、公平は顔を上げた。そうだ、その手があった。どうして今まで思いつかなかったのか。

明日もう一度、内田を相手に飛んで、奴らの小細工をエリに撮らせよう——。

「撮るのなら、ぼくのもね。うちの脳外科の連中が信じなくてさあ、もし飛べたら手術させてやるって言うから、ビデオに撮って見せてやる」

鼻の穴を広げ、拳を握っている。とても冗談には聞こえなかった。

伊良部は饅頭をすべて平らげた。「運動したからね」と涼しい顔で言っていた。看護婦はどこへ行ったのかなと思い、窓から外を見ると、ヒョウの檻の前でたばこを吹かしていた。

看護婦の服が豹柄というのが気にかかった。まさかとは思うが、医者が医者だけに……。

ヒョウのひょう太は、牙を剝くでもなく、だるそうな目で、人間の若い女を眺めていた。

4

エリは目を吊り上げて拒絶した。

「いやに決まってるでしょう。そんなスパイみたいなこと」

「頼むよ。客観的事実が必要なんだよ。口で言ったってとぼけられるだろうし」

公平が懇願する。テーブルに手をつき頭を下げた。

「どうして仕事仲間にそんな真似ができるわけ？」

「それはこっちの台詞《せりふ》。喧嘩を売ってるのは向こうなんだから」

「あのね、コウちゃん。一回、内田さんたちとゆっくり話をしてみたら。大事なのは誤解を解くことだと思う」

「それはわかる。だから、そのためにも、自分たちがやってることを一度ちゃんと認めさせる必要があるわけ」

口をへの字に曲げたエリに、強引にビデオカメラを押し付けた。「知らないからね」エリがぽつりと言う。波風は立つが、仕方がないと思った。膿《うみ》を出さないと、先へは進まないのだ。

丹羽には空中ブランコに出演させることを要求した。

「コウちゃん。ハワイへ行きなよ、ハワイへ」わざとらしく目尻を下げ、肩を揉んできた。

「仕事の鬼っていうのは流行《はや》らないよ。家族孝行もしないとさ」

「どうしてそんなに休暇を取らせたいわけ？　丹羽さん、何かあるんじゃないの」

本格的に疑いたくなった。丹羽は額に汗を浮かべているのだ。

「何もあるわけないじゃん。こっちはコウちゃんの健康を心配してるだけだって」

「風邪ひとつひいてません。おれはいつもどおりショーに出るの」

ぴしゃりと言い、メンバー表に自分で名前を書き加えた。もちろん「ファースト」として。自分はチームのリーダーだ。


その日は複数の演目にエントリーした。オープニングの地上十メートルでの逆さ大車輪に始まり、バイクの曲乗り、エリと組んでの肩芸、ふだんは後輩に任せるようなものまでやった。じっとしていると、落ち着かなかったからだ。演技に没頭して、空中ブランコのことを少しでも頭の中から追い出したかった。

そしてメインイベントの空中ブランコ・ショーが始まった。ＭＣによりメンバーが紹介され、まばゆいスポットライトを浴びる。公平は最後だ。衣装も一人だけ赤いラインが入っている。下を見た。ステージの袖でエリがカメラを構えているのを確認する。この日ばかりは失敗を望んでいた。恥をかくのもこれが最後と思えばいい。

若手たちが各種の飛行を繰り広げる。公平はそれをジャンプ台から眺めていた。内田に変わった動きはない。視線を上に移し、ブランコが固定されている足場を見上げた。道具班が二人いた。元スタントチームの連中だ。フンと鼻を鳴らす。おまえらの好きにはさせないぞ。腹の中で毒づいた。

いよいよ公平に順番が回る。春樹から撞木を受け取り、タイミングを計った。センターで、内田が困惑の表情をしている。何か言いたそうに見えた。

ジャンプ台を蹴り、スイングする。スピーカーから吐き出されるダンス・ミュージックが、鼓膜をガンガンと響かせた。両足を掛け、逆さにぶらさがった。

上体を反《そ》らす。センターのブランコで内田が手を差し出した。足をリリースする。宙に浮く。五十センチどころか一メートルも離れていた。

内田を見た。はっきりと顔がひきつっていた。

そのまま落下した。ネットで跳ねる。「ああー」という観客の声。MCは何も言わなかった。スポットライトが追いかけてきたので、両手を広げて応えてやった。

ネットから降りると、エリの所へ駆けていった。

「おい、今の撮ったか」言いながら、興奮で声がうわずった。

「うん、撮った」青い顔でうなずいている。

「どうだ。春樹たちのときとは大違いだろう」

「うん、大違いだった」

そら見ろ。公平がビデオカメラを取り上げる。副調整室でインカムをつけている丹羽を顎でしゃくり、控え室へと向かった。エリもついてきた。

「コウちゃん、落ち着けよ」丹羽が追いかけてきて言った。「ショックかもしれないけど」

「べつにショックなんかじゃないさ。内田たちがおれを嫌ってることなんか、とっくに知ってるさ」

「そうじゃなくて――」

控え室でビデオを再生した。丹羽とエリは見ようとしなかった。トランプのカードほどの大きさの液晶モニターに、つい今しがた行われた空中ブランコ・ショーが映し出される。

内田が映っているものだと思っていたら、レンズが追っているのは公平だった。

おれを映してもしょうがないだろう――。そう声に出しかかったとき、宙に舞う瞬間の映像になった。

なんだ――？　すぐには判断できなかった。これは自分なのか――？

巻き戻して、もう一度見た。今度はしっかりとモニターを凝視した。

どう見ても自分だった。そこには、腰をひょいと曲げた、カンガルーの姿勢に似た空中ブランコ乗りが映っていたのだ。スイングも、全然振れていない。

「こういうのって、言って治るものじゃないし、気にしだすとどんどん深みにはまるって言うし……」

丹羽が同情する口調で言った。

「最初は、自覚してるのかと思ってたけど、そうじゃないみたいだし。そうなると心の問題だから、へたに指摘しない方がいいだろうって……」

思い出した。丹羽に「腰でも痛めてる？」と聞かれたことを。伊良部に「腰が引けてる」と言われたことを。疑ってもみなかった。自分のジャンプは腰砕けだったのだ。

ネットに落ちたときの、後輩たちの憐れみの視線。腫れ物に触るような態度。次々と思い浮かび、恥ずかしさで顔が火照った。大きなショックを覚えた。

「いつから?」公平が聞いた。

「東京公演が始まってから。内田君がキャッチャーになったあたりから、腰が引けはじめて、スイングもどんどん小さくなって……」丹羽が公平の肩に手を置いた。「気にしちゃだめだよ。ピンで演技をすればうちのナンバーワンだし。空中ブランコだって、おれを相手にしたときは問題なかったし。要するに、よく知らない相手に対して、無意識に拒否反応が出ちゃうんだよ」

今度は血の気が引いていった。内田に対して、自分はなんてひどいことをしてしまったのか。さぞや軽蔑したことだろう。

「昔、先輩から聞かされたけど、こういうのを『坊主の雑巾がけ』って言うんだって。格好が似ているから。つまり、コウちゃんだけじゃないってこと。過去に何人もいたわけよ」

ソファに腰を下ろし、深くもたれた。てのひらで顔を覆う。自分がいやになった。

「じゃあ、そろそろフィナーレだから、行くね。コウちゃんは出なくていいよ」と丹羽。エリは無言で公平の頰を撫でた。二人で部屋を出て行った。

坊主の雑巾がけ、か。公平は口の中でつぶやいた。おそらく、自分と似た性格の先輩たちがかかった病気なのだろう。

子供の頃、転校に次ぐ転校の生活だった。新しい友だちができても、二ヶ月で否応なく別れが訪れた。悲しい想いをしたくないので、あるときからバリヤーを張るようになった。新しい付き合いを遠ざけるようになった。

防衛本能もあった。サーカスの子というだけで、珍しがられ、ときには喧嘩を売られた。同じ団の子供がいじめられれば、先頭を切って仕返しに行った。身内意識が強くなったぶん、外に対しての警戒心が敏感になった。

たぶん自分は、閉じているのだ。本当は人恋しいくせに、近づこうとしない。友だちが増えることに慣れていないのだ。

そのときドアが開いた。「あっ、ここにいた」と伊良部が顔をのぞかせた。仏頂面の看護婦も一緒だ。この二人は、もはやどこでもフリーパスだ。

「今日、セカンドショーの空中ブランコに出ることになったからね」伊良部がうれしそうに言う。「丹羽さんが保険に入れてくれたし、自前で衣装も作ったし」鞄を開き、豹柄のコスチュームを取り出した。

公平はあわてて跳ね起き、窓の外のヒョウの檻を見た。

ひょう太は無事だった。へなへなと全身の力が抜ける。

「とりあえず、注射を打っておこうか」いつものとおり、ビタミン注射を打たれた。

どこからともなく洋輔が現れ、じっと見入っている。

「先生、小さい頃はどんな子供だったんですか」ふと、そんなことを聞いた。

「小さい頃？　普通の子供だけど」

うそでしょう。誰が信じますか。

「先生の通ってた小学校に、旅芸人の子が短期間だけ転校してきたことはなかったですか」

「なかったなあ、私立だから」

そうか、お坊ちゃまなのか。

「わたしはどうやら、腰が引けちゃう病気にかかってるらしいんですけどね」注射の跡をさすりながら言った。「人の胸に飛び込めないんです」

「帰国子女なんかはよく転校してきたけどね」

「それに小所帯ならいいんですけど、大所帯になるといきなり緊張してしまうみたいで……」

「西洋かぶれだから生意気なんだよね」

「こういうのって、何か病名でもあるんですかね」

「みんなでいじめたなあ。弁当のサンドウィッチにオロナインを塗ったりして」

「先生、人の話はちゃんと聞きましょうよ」つい情けない声を発していた。

洋輔が看護婦と鬼ごっこをしている。鼻水が出ていたので、呼び寄せた。ティッシュを一枚引き抜き、鼻に当てる。

「チーンして」

公平に言われるまま、洋輔が洟《はな》をかんだ。その姿を見て、はたと思った。

この子は、自分の父親を信じ、任せきっている。だから力いっぱい洟をかむことができる。

空中ブランコのキャッチも、これと同じなのだろう。大切なのは、無心であること。だいいち、伊良部がいい例だ。

「ところで山下さん、不眠はどうなったわけ？」伊良部が聞いた。

「薬のおかげで眠れてますけど……」

「ごめん。前に処方したの、ただの整腸剤だった」

脱力感に襲われる。ソファに突っ伏した。

「ま、いいよね。結果オーライで」伊良部が笑っている。「イワシの頭も信心から。ビリー・ヴ・ドクター。あはは」

なんてしあわせな男なのか。悩みなんてひとつもないんじゃないのか。

部屋の隅では、洋輔が看護婦につかまり、無理矢理腕をまくられていた。「ちょっと……」

公平が声をかける。

「インフルエンザの予防注射。今ならただでいいですよ」看護婦がだるそうに言った。

まあ、いいか……。黙認した。この人たちには、抵抗する気が起きない。

洋輔は半ベソをかきながらも、自分の腕に針が刺さる瞬間をしっかりと見ていた。


セカンドショーが始まると、伊良部は豹柄のレオタードに身を包んで現れた。プレスリー並みに太ったフレディ・マーキュリーという感じだった。

誰も笑わなかった。そういう感想を超えた何かがあった。あまりにユニーク過ぎて、笑うぐらいでは表現できなかったのだ。

照明に映えるよう、顔にドーランを塗った。エリが面白がってつけ睫毛《まつげ》を付けた。

「先生、似合ってますよ」公平が心から言った。異界からの使者といった趣《おもむき》があった。

公平はもう一度、頬をつねった。わずか一週間ほどで、ここまで入り込んできた男がいる。気がつくとそこにいて、誰も疑問を抱かない。公平ですら、一度も警戒したことはなかった。

そしてその素人に、これから空中ブランコをさせようとしている。

おそらく十年経ったら、今日を振り返り、みなで大笑いすることだろう。「丹羽さんも、よく飛ばさせたね」「みんな、どうかしてたんだよ」と。そして、伊良部という不思議な医師を懐かしむにちがいない。洋輔はこの日を憶えているだろうか。

「先生、いよいよ本番ですよ。どきどきしませんか?」

「なにが?」

伊良部が、鼻をほじりながら公平を見た。愚問だった。

ステージの袖に内田がいた。一人で体をほぐしていた。

謝るのなら、早い方がいい。公平はゆっくりと近づいていった。

「内田さん、いつぞやは殴ったりしてすいませんでした」深々と頭を下げた。「自分がああいう状態になってるなんて、夢にも思ってなくて、いやがらせをされてるんだと完全に誤解してました」

「いや、いいんです」内田が目を伏せ、ぼそりと言う。「こっちも、不器用で……」

「そんなこと――。だいいちほかのフライヤーとはうまくやってるじゃないですか」

「公平さんはファーストだし、自分にも責任があるんだと、ずっと悩んでました」

内田は、高倉健のような朴訥《ぼくとつ》としたしゃべり方をした。心なしか顔も似て見えた。公平はますます申し訳なくなった。

「すぐには治らないかもしれないけれど、徐々にリハビリしようと思ってるので、明日からの練習、付き合ってください」もう一度、頭を下げた。

「こっちこそ、よろしくお願いします」

心がいっきに軽くなった。言葉の力を思い知った。どうしてもっと早く、対話をしなかったのだろう。小学生にまで遡って、友だちを作り直したい気分だ。

そのとき、場内の照明が落ちた。ＭＣの弾んだ声がスピーカーから流れる。

「さあ、みなさま。いよいよ新日本サーカスが誇る空中ブランコ・ショーの始まりです。地上十三メートル、ポールの間隔は二十メートル。鍛え抜かれたアーティストたちによる、息を呑む大技の数々を、心ゆくまでご堪能ください！」

メンバーが持ち場に散る。公平は伊良部の付き添いとしてジャンプ台に上がった。内田はセンターのブランコにぶら下がっている。

ダンス音楽に乗って、若手が次々と演技をこなしていった。その都度、客席から歓声と拍手が起きる。スタンドは笑顔の花壇となる。

お客さんの顔が見えるから、サーカスの仕事が好きだ。子供たちは、サーカスを観た日のことをけっして忘れない。

「先生、いい眺めでしょう」

「ねえねえ、山下さん。正面最前列のミニスカートの女の子、パンツ見えそう」

その場でよろける。どこを見てるんだ、この男は。だからアガったりしないのか。

いよいよ伊良部の番が来た。ＭＣが紹介する。

「ここで特別ゲストの飛行をご覧にいれます。ジャンプをするのは伊良部総合病院のドクター、伊良部一郎先生です。うそじゃありませんよ。空中ブランコはまったくの素人。一週間の訓練で、ここまでできるようになりました！」

スポットライトを浴びて、伊良部が無邪気に手を振る。公平の心臓が高鳴った。ほとんど保護者の心境だった。

「先生、いいですか」

「うん、いいよ」

「じゃあ、行きますよ」撞木を手渡し、タイミングを計った。「イチ、ニイ、サン、ゴー！」背中をたたいた。

伊良部がジャンプ台を蹴る。巨体が見事な弧を描き、スイングする。

「おおーっ」

とどよめきが起こった。やっぱりデブは絵になる。こっちまで誇らしい気分になった。

一往復して、手を離した。

テントの下の全員が、息を呑む。

次の瞬間、内田の両手が伊良部の腕をつかんだ。センターのブランコが、グンと一度沈み込み、今度はさらに大きな弧を描く。

「やったー!」

公平が飛び上がった。春樹と抱き合ってよろこんだ。副調整室の丹羽は、立ち上がってガッツポーズをしていた。

客席からは、今日いちばんの大きな拍手が鳴り響いた。

あとはリターンだ。この男、もしかすると成功させるんじゃないのか? 公平はすっかり興奮していた。

一度スイングしたところで、伊良部は再び宙に舞った。

体はそのままで、ひょいと首だけ回した。

場内が爆笑に包まれた。

ハリネズミ

1

ふと夜中に目が覚め、猪野誠司《いのせいじ》はベッドで寝返りを打った。顔を覆っていた掛け布団を払いのけ、天井を見る。常夜灯のともったシャンデリアから、スイッチ用のチェーンがぶら下がっていた。初めて見るものだ。ああそうか、和美が言っていたな、照明を付け替えたって——。そのチェーンの先っぽには、円錐形のつまみが付いていた。しかも先端が下を向く形で。

ゆっくりと血の気が引いた。来るか、と思ったら、そのとおりに呼吸が苦しくなり、誠司はベッドから降りてよろよろと居間へ歩いた。

心臓が早鐘を打っている。口の中がからからに乾き、唾を出そうとしても舌に滲《にじ》むことすらなかった。

ベランダの窓を開け、深夜の冷気を胸いっぱいに吸い込む。気道が狭まっているのか、うまく空気が通らない。ストローで息を吸っている、そんな感じなのだ。

顔中にどっと汗が噴き出た。膝に手を当て、身をかがめる。めまいがした。しばらくしたら大きなゲップが吐き出され、それでやっと空気が通るようになった。

肩で息をし、手の甲で額の汗を拭う。あの無神経女め。ふつふつと怒りがこみ上げた。

寝室に戻り、まずはチェーンを引きちぎった。続いて内縁の妻である和美の尻を蹴飛ばした。

「なによ」くぐもった声で和美が抗議する。スッピンの水商売女は眉がないせいで、髪が乱れた様はほとんど幽霊だ。

「やい。おれが先の尖《とが》ったものはだめだって、知ってるだろう」

「なんの話よ」

「これだよ」引きちぎったチェーンの先端を突き出した。

「うそォ。ほんとに？」和美が眉をひそめる。「そんなの、気がつくわけないでしょう」

「気づけよ。何年も一緒に暮らしてんだから気づけよ」

「まったくもう……。セイちゃん、仮にも紀尾井一家の若頭《わかがしら》でしょう。そんなもの、怖がらないでよ」

「やかましい」二つ上の姉さん女房をもう一回蹴った。気の強い和美が負けじと蹴り返す。

深夜の夫婦喧嘩となった。誠司が頬をつねると、和美もつねり返す。原因が原因なだけに、しまりのない喧嘩だった。怒りよりも、情けなさの方が大きかった。

「ねえ、わたし、箸使いたい」手にしたスプーンを左右に振りながら、和美が不満そうな声をあげた。

「ぶつくさ言うな。豆腐なんかはこっちの方が理にかなってるだろう」

純和風の朝食なのに、二人ともスプーンを使っている。一月《ひとつき》ほど前から、誠司が箸を禁じていた。先端を見るだけで、体がこわばり、汗が滲み出るのだ。もちろん爪楊枝は片付けさせた。フォークなど凶器としか思えない。

「これ、食べにくい」

「アジなんか焼くからだろう。シシャモにすれば手で食えるじゃねえか」

「じゃあ明日はサンマにする」

「あのなあ、そんなもん出したら、テーブルひっくり返すからな」

先日、サンマの頭にも症状が出た。鋭利な鼻先に、吐き気をもよおしてしまったのだ。

「いったいどうしたのよ。昔は刃物を抜いた相手にも立ち向かう『渋谷のイノシシ』って呼ばれてたじゃない」和美が味噌汁をスプーンですくいながら言った。

「おれだってわからねえよ。じわじわと先が尖ったもんが嫌いになり、気がついたらこのざまなんだよ。まったくいやんなるぜ。今じゃハサミを持った子供にだってお手上げだ」

「尖端恐怖症のやーさん、か」和美が鼻で笑う。

「おまえ、はったおすぞ」にらみつけたが、相手にされなかった。

長らくヒモのようなことをしていたので、誠司は和美に頭が上がらない。もっとも性格もあるのだろう。男相手ならいくらでも無茶ができるが、女相手となると情が先に立ってしまう。

自分の女を風俗で働かせるなど、誠司には絶対にできない芸当だ。

「医者に診《み》てもらえば？　わたしが風邪ひいたときに行っている伊良部総合病院。あそこ、確か神経科もあったわよ」

「極道が神経科か？　格好つかねえだろう」

「適当な理由つければいいじゃない。昔刺された古傷が痛むとか」

「刺されたことなんてねえよ」

「ハッタリが大事なんでしょ、そっちの世界は」

深くため息をつき、スプーンで御飯を食べた。ふと横を見る。食器棚のガラスに自分が映っていた。こんな姿は舎弟たちに見せられないな、と思う。前掛けを下げれば、まるで幼児の食事風景だ。

三十二歳の誠司は、渋谷界隈をシマとする紀尾井一家の若頭だ。大学時代、剣道部のＯＢに指名されて右翼団体の剣道師範補佐を務めていて、系列の組からスカウトされた。元々血の気が多い性質で、サラリーマンは向かないと思っていたので、すんなりこの道に入った。任俠に対する憧れもあった。「仁義なき戦い」はビデオで十回は見た。高級車を乗り回し、高い酒を飲み、いい女を脇にはべらせる。これが男子の本懐だと思った。

喧嘩も嫌いではなかった。中学高校といわゆる番長格で、肩で風を切って歩く快感を知っていた。人から畏《おそ》れられ、頼りにされる。やくざは天職に思えた。

一年間の部屋住みののち、倒産整理と債権取立て業で独立した。弁が立つのと、要領のよさでたちまち大金を手にすることとなった。現代のやくざ稼業は、おいコラでやっていけるほど単純なものではない。三流とはいえ大学出の誠司には、それなりの商才があった。上納金の額も増え、親分の覚えもめでたくなった。三十代はじめでの若頭就任は抜擢《ばってき》人事といっていい。拘留は三回、懲役は二回。いずれも短期で運はいい方だ。四十までに自分の一家を構えるのが、誠司のもっかの目標だ。


「セイちゃん、そろそろ二軒目を考えてるんだけど」流しで後片づけをしながら和美が言った。

「なんだよ、そんなに繁盛してんのかよ」爪で歯についた食べかすをほじりながら答えた。

和美は渋谷でクラブを経営している。こちらも商才があるらしく、亭主顔負けの収入を稼ぎ出す。

「七丁目にいい物件があってね。この前見てきたの」

「おい、やべえよ。そっちは吉安んとこのシマだ。猪野誠司の女房が店を出したとなれば、ひと悶着あるぞ」

「関係ないでしょう。わたしは堅気だし」

「そうはいくか。おまえの店は自動的に紀尾井一家の店だ」

「そんな勝手な——」

和美が振り返る。その手には洗いかけの包丁が握られていた。

「うわーっ」誠司は思わずのけぞり、椅子ごとうしろに倒れた。後頭部を床にしたたかに打ちつける。

「ひ、ひ、ひ」腰が抜け、這《は》うようにしてダイニングルームから逃げた。関節という関節が震えていた。

「ば、ば、馬鹿野郎！　包丁なんかこっちに向けるやつがあるか！」

夫の狼狽振りに驚いたのか、和美が包丁を足元に落とした。トンと床に突き刺さる。その光景を見たら、視界が歪んで意識が遠のきかけた。

「ねえ、お願いだから、病院へ行ってよ」和美が心配そうな声を出す。

「うるせえよ……」誠司は仰向けのまま、力なくつぶやいた。怒りたくとも、体に力が入らないのだ。

まったく、自分はどうしてしまったのか。このままでは、出入りがあった日には、とんだ腰抜け野郎を演じてしまうことになる。

断続的におくびがこみ上げてきた。心臓は百メートル走でもしたかのように激しく鼓動を打っている。和美が背中をさすってくれた。収まるのに十分も要した。

「お願い。わたしが予約の電話入れておくから……」

「……わかった」誠司は渋々、和美の願いを聞き入れることにした。

伊良部総合病院の神経科は薄暗い地下にあった。拘置所を思い出し、無意識に顔をしかめる。

「いらっしゃーい」ドアをノックすると、中から素っ頓狂な声が響いた。

シャツの襟を直し、中に入る。よく太った中年の医師が満面に笑みをたたえ、一人掛けのソファにもたれかかっていた。色白のアザラシといった容貌だ。白衣の名札には「医学博士・伊良部一郎」と書いてある。院長の息子なのだろうか。

「あー、猪野という者ですがね」誠司は胸をそらし、凄むように声を発した。初対面の相手にはついそうしてしまう。

「うん、知ってるよ。受付から聞いた。強迫神経症なんだってね。閉所？　高所？　それとも土俵？」

「……ドヒョウ？」誠司が顎をひょいと突き出す。「なんですか。そのドヒョウってえのは」

「本番中、土俵に上がりたい衝動に駆られて脂汗が出る、っていうスポーツ紙の相撲担当記者が、この前来たからね。あはは」

伊良部が屈託なく笑っている。自分はおちょくられているのだろうか。ややむっとした。

「先生。わたしが新聞記者に見えますか？」ドスを利かせて言った。

「ううん。やくざ屋さんに見える。刺青《いれずみ》が透けて見えるし」

誠司はシルクの白シャツを素肌に着ていた。もっとも刺青を抜きにしても、堅気には見えない風体なのだが。

伊良部は平然と微笑んでいた。普通、相手がやくざとわかれば身構えるものだ。怖くないのか？

「先生も彫ってみます？」いっそう声を低くした。

「いいよ、痛そうだし。それより注射を打とうか。おーい、マユミちゃん」

その声に奥のカーテンが開き、ミニの白衣を着た若い看護婦が現れた。手には注射器を持っている。椅子から転げ落ちそうになった。箸よりも、包丁よりも、さらに怖いのが注射器なのだ。

たちまち汗が噴き出る。「せ、先生。おれはね、実は尖端恐怖症なんですよ」不覚にも声が震えた。

「あ、そう。それはついてるね。克服するいいチャンスじゃない」

「えっ？　いや、その、だからね……」舌がもつれた。

伊良部は立ち上がると、誠司のうしろに回り、上半身を抱きかかえた。「大丈夫だって。ただのビタミン注射だから」

「ちょ、ちょ、ちょっと待ってくれ」

看護婦に腕をとられ、注射台に固定された。

「おい、待てって言ってるだろう」声を荒らげた。立ち上がろうとする。しかし巨漢の伊良部に押さえつけられ、身動きが取れなかった。

「さあ、おとなしくしてようねー。刺してから針が折れるとやっかいだからねー」子供を相手にするような口調だった。

針が折れる？　頭がくらくらした。

「おい、ふざけるな。おれを誰だと思ってる。紀尾井一家の猪野だぞ」

「だめだめ。病院では総理大臣もホームレスも、患者で統一されるんだから」

伊良部が耳元で言う。鼻息が首筋にかかった。なんなのだ、この病院は。

看護婦の持つ注射針が腕に近づく。誠司はパニックに陥った。打たれてたまるか。こっちだって剣道三段の偉丈夫なのだ。

誠司は足を踏ん張ると、椅子から腰を浮かせ、体を思い切りそらせた。

「あら、抵抗するわけ？」伊良部がのしかかる。

「うおーっ」誠司は渾身の力を込め、床を蹴った。すると伊良部がよろけ、そのまま二人でうしろに倒れることとなった。注射台は腕にくっついたままだ。

「痛てててて」伊良部が声をあげる。「くそお、抵抗する気だな。おい、マユミちゃん。ぼくが押さえつけるから、早く打っちゃって」

今度は床に転がったまま羽交い締めにされた。懸命に振りほどこうとする。けれど柔道の寝技のようにがっちりと肩を決められていた。

「先生、腕は無理ですよ。力こぶができちゃってるし」看護婦がだるそうに言った。この女もまた、やくざである誠司を少しも恐れていなかった。

「じゃあ、脇腹でも太腿でも、どこでもいいや。ただしぼくの見える所ね」

信じられなかった。これは現実か？　やくざになって初めての経験だった。堅気に蹂躙《じゅうりん》されるなんて。誠司の頭は混乱した。

「おい、待て」

「待たないよー」あくまでも明るい口調で返された。

「ちょっと、待って」情けないことに声が裏返った。

看護婦がシャツをたくし上げる。脇腹の、最近少し肉が余った部分に注射の針が突き刺さった。

「うわっ」固く目を閉じた。チクリとした痛みが走る。するすると血の気が引き、全身が硬直した。

涙が一滴、頬を伝った。涙ぐむなんて、何年振りだろう。誠司は、とっちらかった意識の中で、なぜかそんな場違いなことを思った。


二人とも肩で息をしていた。乱れた髪を直し、椅子に腰掛ける。うまく頭が働かなかった。もしかしてここは対立組織の病院か？　迷い込んだ紀尾井一家の組員に、一服盛ろうとする。そんな疑念すら湧いてきた。

「猪野さん、肘打ちくれるんだもん」伊良部が鼻を押さえている。「注射はおとなしく打たれなきゃ」

「先生、ひとつ質問していいですか」誠司は気持ちを落ち着かせて聞いた。

「うん、いいよ」

「この病院、どこかがケツを持ってるわけ？」

「ケツって？」

「裏の業界と関係があるのかってことだよ」

「ううん、べつに。健全経営がモットーだけど」

「ビタミン注射っていうのも本当だな」

「もちろん。それがいちばん安上がりだし」

「あんたなあ――」猛然と怒りがこみ上げた。「患者にこんな真似してただで済むと思うのか。ああ？」

「だって治療だもん。仕方ないじゃん」伊良部がしれっと言う。

「どこが治療だ。患者を羽交い締めにして注射なんか打ちやがって」

「こういう療法もあるの。膿《うみ》は切開して出した方が早く治るでしょ。血も出るけど」

返答に詰まる。もちろん納得などできないが。

「逆療法は精神医学の常識だよ。こっちはプロなんだから」

何か言いたいのだが、言葉が見つからなかった。

「それで、尖ったものって、どういうのがだめなわけ？」伊良部がカルテを手にして言う。

「全部だよ。刃物はもちろん、箸も、爪楊枝も、鉛筆も、傘も」誠司は不貞腐れて答えた。

「東京タワーは？」

「はあ？」眉をひそめた。「何言ってるのよ、先生」

「だって尖ってるじゃん」

「平気に決まってるでしょう、あんなでかいもん」

「ミサイルは？」

「それも平気」

「じゃあ、とんがりコーンは？」

形が頭に浮かぶ。「ええと……だめかな」そんな気がした。

「要するに、サイズによるわけだ。よくあるのは、目に刺さるイメージが消えないってやつだけど」

「そ、そ、そう。まさにそれ」誠司は人差し指を立て、身を乗り出した。

事実そうだった。誠司の脳裏には、鋭利なものが目に突き刺さるイメージがあって、ことあるごとに具体的なシーンを映し出すのだ。

爪楊枝一本にしても、それを手にした自分が、何かの拍子で自分の目を刺してしまう。その映像が、ありありと浮かぶのだ。

「そうなんですよ、先生。先生が今手にしているペンにしても、下を向いているうちは、いやな感じがするくらいで済むんですが、不意に先端がこっちに向いたりすると、いきなり恐怖感に襲われて——」

「こうね」伊良部がペン先を向ける。誠司は「ぎゃっ」とわめいて、弾かれたように体を引いた。

「あはは、ごめん、ごめん」伊良部が大口を開けて笑う。

むっとした。やくざは、なめた真似をされるのがいちばん頭にくる。

「先生、悪ふざけが過ぎるんじゃないですか。あんまりコケにされると――」

「サングラスでもかけたら？　やくざ屋さんなんだし、不自然じゃないでしょ」伊良部が言った。

「サングラス？」

「そう。それで目をガードするわけ。裸眼よりは不安感が消えると思うんだけど」

なるほど、一理ある。現実に即した対処法だ。誠司は伊良部をまじまじと見詰めた。馬鹿を装っているのか、あるいは真性の馬鹿なのか……。

試してみるか。普通のサングラスはサイドがスカスカしているので、包み込むようなやつ、野球選手のイチローがいつも使用しているスポーツタイプを買えばいい。

「ところで、ぼく、一回でいいからピストルを撃ってみたいんだけどね」

「はあ？」

「セッティングしてよ。鉄橋の下あたりで」

「あのね、そんなことしたら逮捕されちゃうでしょう」

誠司は帰ることにした。こんな変な医者とこれ以上かかわりたくない。

「猪野さん、明日も来てね」と伊良部。

「明日も、ですか？」

「うん。注射は打たないから大丈夫」歯茎を出して微笑んだ。

「はあ……」なぜか誠司は拒否しなかった。

調子狂うなあ。怖がられないと、どう対処していいのかわからない。

廊下に出ると、さっきの看護婦がたばこをふかしていた。よく見れば肉感的ないい女だ。

「よお、ねえさん。さっきはやってくれたよなあ」ニヒルに笑みを浮かべ、近寄る。腰に手を回し、ついでにお尻を触った。「どうよ、今度飯でも」

無言で人差し指を向けられた。マニキュアで光った爪が鼻先をかすめる。

「うわっ」飛び跳ねたら廊下の壁に後頭部をぶつけた。視界に銀粉が舞う。「このアマ……」

頭に血が昇ったときは、すでに看護婦の姿はなかった。

なんて病院だ。やくざをやくざとも思わない。誠司は、なんだか堅気に戻ったような錯覚をおぼえた。


「社長。いかすじゃないですか」

事務所に到着すると、舎弟のイサオからサングラスを褒められた。

「おう」ぞんざいに答え、机に足を乗せる。ただ、直射日光を遮るスポーツ用だけに、さすがに室内では暗かった。

試しに机の引き出しを開け、ペンを手にした。不安な気持ちがじんわりと込み上げる。そううまくはいかないか。でも症状は三割減といったところだ。とりあえず、よしとしよう。

手帳を広げ、早速仕事に入った。受話器を取り上げ、債権取立ての電話をかける。

「あー、こちらは猪野事務所の猪野誠司という者だが、社長さんはおられますかな」

最初からドスを利かせて言う。怖がらせて、怖がらせて、観念したら最後に少しだけやさしくしてやる。それが追い込みのコツだ。

「おたくの振り出された手形が不渡りになって、ちょいと話をしたいんだけどね」

女子事務員が不在だと言う。もちろん引き下がるわけがない。

「おい！　うしろに隠れてんのはわかってんだ。さっさと電話口に出しやがれ。でねえと、若い者を連れて会社訪問に行くぞ」

「ひいっ」とひきつけを起こすような声がした。相手が震え上がっているのが手に取るようにわかる。この瞬間が、やくざ稼業の醍醐味だ。ほどなくして社長が出た。

「社長さんよ、こそこそ逃げ回ってんじゃねえぞ。こっちはあんたの自宅から子供の通う学校まで調べてあるんだよ。払うもん払わねえと、不吉なことが起こるぞ」

追い込みは一にも二にも押しだ。あちこちに債務がある経営者は、怖いところから順に払う。なんとしても一番手にならなくてはならない。

「ああ？　聞こえねえな。ちょっと耳が遠くてよ。あんた今、もしかして『待ってくれ』とか言ったんじゃねえよな。だとしたら恐ろしい明日が待ってるぞ」

誠司は、一日に二十本はこんな電話をかける。そして二件は実際に出向く。この道十年ともなれば、あちこちから仕事が舞い込んでくる。シノギは順調と言っていい。

乗っている車は当然ベンツのSクラスだ。腕にはロレックスのテンポイントが輝いている。

だからこそ、尖端恐怖症が気がかりだった。こんなことが知れ渡った日には、業界の笑いものだ。

2

「待て、待て、こらァ。なんの真似だ！」

その日は診察室に入るなり、羽交い締めにされた。伊良部がドアの陰に隠れていて、うしろから抱きついてきたのだ。「捕まーえた」と、まるで鬼ごっこでもしているかのように。そして目の前では、注射器を手にしたマユミという看護婦が、仁王立ちしている。恥骨の近辺がひんやりした。

「てめえ、この野郎。話がちがうじゃねえか。注射はしないって昨日言っただろう」

誠司は額に青筋を立て、懸命に振りほどこうとした。いきなりのことに心臓がどくどくと脈打った。

「あれは嘘なんだもんね。ふっふ」伊良部が鼻息荒く言い放つ。

「ふざけるな。てめえ医者だろう」声をからして抗議した。

「お互い様、お互い様。そっちだって正直に生きてるわけじゃないんでしょ。ふぐぐ」

抱え上げられ、診察台へと運ばれる。百キロをゆうに超える伊良部がのしかかった。袈裟固《けさがた》めを決められた形となり、その間に看護婦がシャツの袖をまくりあげた。注射器の針が目に飛び込み、気が遠のきそうになる。

「ちょっと、タンマ」また声が裏返ってしまった。「話し合おう」

「だめだよーん。もう遅いんだもんね」

「おれにこんな真似をして、あとでどうなるかわかってんだろうな」つばきが飛ぶ。

「だから治療だって言ってるじゃん」

「なにが治療だ、この野郎。うちの若い者《もん》、電話で呼び出して――」

「はいリラックスして」伊良部に動じる様子はない。

くそったれ。こっちはやくざだぞ。道をあるけば人が避けて通るんだぞ。それなのに、こいつらときたら……。

素早く消毒薬が塗られ、針が腕に突き刺さった。「うわーっ」叫び声を上げる。顔をそむけたら、すぐ目の前に伊良部の興奮した顔があった。

頬を紅潮させ、目を輝かせて、注射の一部始終に見入っている。

なんだこいつ。もしかして変態か――。

昨日、尻を触られた仕返しなのか、看護婦が抜いた注射器を誠司の顔に近づけてきた。

「うりうり」にこりともしないで、つつく真似をする。

また気が遠のきかけた。全身に震えが走る。奥歯がカスタネットのように鳴った。

「覚せい剤はやってないみたいだね。きれいな腕してるし」と伊良部。

完全に戦意を喪失した。ああそうなのか。薄ぼんやりと思った。やくざの看板は、怖がらない相手には、まったくの無力なのだ。アザラシに凄んでも、無駄なように。

「もう大丈夫。これが最後だから。明日は打たない」伊良部が満足げに、微笑みながら言った。

「おーい、マユミちゃん。コーヒー二つね」

「誰が信じますか」

誠司は憔悴しきっていた。啖呵《たんか》を切りたくとも、気力が湧いてこないのだ。

「逆療法は二回までっていうセオリーが精神医学界にはあるの。これで一日様子を見て、治らないようなら投薬に切り替えるから」

ホンマかいな。到底信じられないが、言い返す元気もなかった。

看護婦がコーヒーを運んでくる。白衣の胸がはだけていて、かがむと谷間がくっきり見えた。露出狂か？　女はベンチに寝転がると、雑誌をめくりはじめた。なんて病院だ。ますます榾突く気力が失せてくる。

「ところで強迫神経症の場合、突発的なものは一応きっかけがあるはずなんだけどね。思い当たるふしはないわけ？　過去にドスで刺されたとか、拳銃を口に突っ込まれたとか」

「ないね」投げやりに答えた。

「空手遣いに目潰しを食らったとか」

「あるわけないでしょう」目をむいて言った。

「猪野さん、案外平和な人生を送ってるんだね」

かちんときた。「あのね、映画とはちがうの。ドンパチなんて滅多にあるもんじゃないの。

それに今のやくざは、裏稼業にせよ仕事を持ってるし、喧嘩する暇があったら金儲けですよ」

「ふうん。世知辛《せちがら》い世の中になったもんだ」

伊良部がコーヒーをすすっている。誠司は脱力した。極道をなんだと思っているのか。

「じゃあ、きっかけじゃなくて、潜在的なものはないわけ?」

「潜在的?」

「心の隅にあるんだけど、見ないようにしている部分。たとえば、本当は自分はやくざに向いていないかもしれない、とか」

誠司は黙った。眉を寄せる。なんだって? やくざに向いていないかもしれないだって?

「啖呵を切りながらも、どこかで『これは本当の自分じゃない』って思ったり」

誠司は腕を組み、考え込んだ。まさか、そんなことあるわけがない。自分で選んだ道なのだ。後悔したことなど一度としてない。

それより、こんな質問をされて怒り出さない自分が意外だった。以前なら次の瞬間、蹴りを入れているところだ。

「やくざ稼業って、いわばハリネズミみたいなものじゃない。いつも相手を威嚇《いかく》してないといけないわけでさ。そういうのって誰でも疲れるから、その反動で、先の尖ったものやシャープなものを受けつけなくなるとか……」

「先生、なめてもらったら困りますよ。そこまでヤワじゃありませんぜ」

「実は、丸っこいものが好きだとか……」

「あのね、女子中学生じゃないんだから」

「ま、極力見ないようにするしかないかな、現状では。あるいは、度の合わない眼鏡をかけて、視界をぼやけさせるとかね」

誠司は吐息をついた。もう帰ろう。サングラスを取り出し、かけようとする。ふとツルの先端に目がいった。いけないと思い、目を閉じる。でもだめだった。一度イメージしたものは、暗闇の中でも迫ってくるのだ。汗がじんわりと噴き出す。

「どうしたの？」

「なんでもありませんよ」

胸ポケットにしまい、診察室を出た。「明日も来てね」と言う伊良部に、誠司は、誰が来るかという言葉を飲み込んだ。


「社長。なんかあったんですか」

事務所に行くと舎弟のイサオが怪訝《けげん》そうな顔で聞いた。

「おめえ、知らねえだろう。最近巷《ちまた》では流行《はや》ってんだぞ」

途中、スキー用のゴーグルを買った。これだと留め具がベルトなので、装着するとき怖くないのだ。おまけに隙間がないので、護られている感じがあった。

「なんだか、機嫌の悪いウルトラセブンみたいッスね」みなで笑っている。

誠司は舎弟たちを手招きすると、ものも言わず、全員の頭に拳骨を落とした。

お茶を入れさせ、紫煙をくゆらす。ハリネズミ、か。伊良部の言葉を思い出した。確かに誠司の人生は、ハリネズミそのものだった。十二でつっぱりはじめ、相手を威嚇してきた。高校時代、停学処分を食らい、ボンタンを取り上げられたときは、なんだか裸にされたようで心細かった。今でも、吊るしの背広を着てカローラに乗ったら、同じ気分を味わうことだろう。

もっとも、やくざは全員そうだ。自分だけじゃない。

背もたれに体を預け、机に足を乗せる。なんとなく天板の角を見た。マホガニー製の高価な木材だ。ゴクリと喉が鳴る。これまで意識しなかった角が、やけに尖って見えるのだ。

いや、気にしてはいけない。こんなもの、どうやって目に刺さるというのか。

新聞を広げた。活字を目で追うが、頭に入ってこなかった。得体の知れない焦燥感がこみ上げてくる。ゴーグルを持ち上げてもう一度机の角を見たら、どうにもじっとしていられなくなった。

「おい、イサオ。事務所にノコギリはあったか」

「折りたたみの小さいやつなら、工具箱に入ってますが」

「持ってこい」

立ち上がり、机から離れる。徐々に脈が早まった。誠司は、イサオからノコギリを受け取ると、急いで角を切り落としにかかった。

「どうしたんですか、社長。三十万もした机ですよ」イサオが驚いて止めようとした。

「うるせえ。あっちへ行ってろ」手で追い払う。

順に四隅を切り落とした。額に玉の汗が噴き出る。荒い息を吐いていた。

やれやれ、これでひと安心だ。そう思い、ふと手にしたノコギリを見る。

「うわっ」声をあげ、放り投げていた。こいつがいちばん尖ってるじゃないか。

なんなのだ、この一貫性のなさは。元々理屈に合わないこととはいえ、自分でも信じられない。気にした端から、恐怖の対象になるということなのか。

はたと我に返り、周囲を見渡す。舎弟たちが不安げな表情で、遠巻きに眺めていた。

「いや、あのな。ほら、ぶつけたら痛いだろ？」しどろもどろになった。ますます汗が出た。

電話が鳴る。この場を逃れたくて自分で取った。兄弟分の水谷だった。

「おう、猪野か。スズキ建設の件だがな。総務担当の野郎、居直りやがった。会報の購読を打ち切るとよ」

水谷は傘下の右翼団体幹部で、誠司とは古い付き合いだった。互いの仕事を、いつもサポートし合っている。

「あ、そう」間抜けな受け答えをした。「それは、けしからんな」

「代貸《だいがし》に相談したら、まずは経営姿勢を問う血判状を送れって言われてな。若頭以上は全員だ。おまえも入ってるからな」

「おう、わかった」

紀尾井一家は何かというと血判状を送りつける組だった。だから驚きはない。ただ、何気なく答えてしまってから、事の重大さに気づいた。

「血判状？」

「明日、本部事務所に来てくれ。親っさんも顔を見せる」

「ええと、あのな……」血判状ということは、短刀で指を切り、血の判子を押すことだ。受話器を持つ手が震えた。「それ、おれの分だけ郵送にしてくれないか。こっちで判を押して、送り返すから」

「ああ？　ふざけるな。血判状は親っさんの前で押すのが決まりだろう」

「そうだっけ」

「しっかりしろよ。午後三時だからな」

有無を言わさず電話を切られた。呆然と立ち尽くす。なんてことだ。今の自分に、短刀など持てるわけがない。人が指を切るのを見るだけで、卒倒しそうだ。

「社長、顔色が悪いッスよ」イサオが言った。

誰か代理を行かせるか。いいや、欠席などしたら親分の顔に泥を塗ることになる。

「大丈夫ッスか」

「やかましい」胸倉をつかんでビンタを張った。顔をゆがめて去っていく。

今度は胃が痛くなった。街で喧嘩でも売ってブタ箱に入るか。そんなことまで頭をよぎる。

仕事は休むことにした。追い込みをかける気力など、どこにもなかった。やくざに向いていないんじゃないの——。また伊良部の言葉が浮かぶ。

憂鬱になり机に突っ伏した。なんだか、自分でもそんな気がしてしまったのだ。

家に帰ると、和美がダイニングテーブルに不動産契約書を広げていた。「七丁目の物件、決めちゃった。カウンターがそのまま使えるから。内装を少しいじるだけ」はしゃいだ様子で書き込んでいる。

「おい、マジかよ。看板出すなり吉安一家が来るぞ。あそこの吉安ってアタマは血の気が多いんだ」

「平気だって。セイちゃんの名前は出さないし、おしぼりや鉢植えぐらいなら付き合ってもいいし」

「呑気なこと言ってんじゃねえ。やくざのネットワークをなめるなよ。あっという間に知れて、そうなりゃあ、こっちに矛先《ほこさき》が向くんだぞ」

誠司は焦った。格好の紛争ネタだ。

「籍は入ってないんだもん。そんなの関係ないでしょう」

「馬鹿たれ。一緒に暮らしてりゃあ夫婦だ」

和美が顔を上げた。紙切れ一枚に何の意味がある。誠司を見詰めている。「じゃあ、籍入れようよ」口をすぼめて言った。

「あん？　そういう話じゃねえだろう」

「それで今の店はセイちゃんがやってよ」

「何言ってんだ。おれの仕事はどうするんだ」

話が妙な方向に転がりそうなので、風呂に入ろうとその場を離れた。

「いっそのこと、足を洗うとか」和美がさらりと言った。

言葉に詰まる。どきりとした。

「冗談言うな」振り返らず、早足で廊下を歩いた。脱衣場に入り、大きく息を吸う。

「もっと怒るかと思った」台所から和美の声が届いた。「暴れだすかと思った」

「うるせえ」怒鳴り声を上げるのだが、いまひとつ迫力に欠けた。

なんてこったい。すっかり調子が狂ってしまった。ここ数日の自分は、吠《ほ》え方を忘れた犬だ。

服を脱ぎ、鏡を見た。背中一面と腕には、唐獅子牡丹が彫ってある。盃を受けてすぐ、入れた墨だ。迷いなどなかった。この世界で生きていくと決めた証《あかし》なのだ。

でも、刺青を背負いながら引退した兄貴分もいたよな。浅草で運送屋をはじめたのだ。「こっちは堅気の彫り物も珍しくないから」そう言って笑ってたっけ——。

いかん、いかん。かぶりを振った。せっかく築いた地位を手放す馬鹿が、どこにいるというのか。

それより明日の血判状だ。親分の前で無様な姿だけは見せられない。刃物を前に震えた日には、男を下げるどころの騒ぎではない。

湯船に浸《つ》かり、浴槽を撫でた。全身の力が抜ける。風呂場は、椅子も桶も丸いものだらけなので、心が和らいだ。避難場所を見つけたような気分になった。

そういえば伊良部も丸っこかったな。またしても姿が浮かぶ。ひどい目に遭わされても怒れないのは、あの体型のせいだろうか。

久しぶりに長湯をした。心配した和美が見に来るほどだった。

3

ノックすると、例の調子で「いらっしゃーい」という声が聞こえた。誠司はつばを飲み込み、慎重にドアを開けた。

首だけ入れ、診察室の中をうかがう。伊良部は椅子にいて、看護婦はベンチで寝転がっていた。少なくとも、いきなり羽交い締めということはなさそうだ。

なんとなく病院に足が向いてしまった。自分を怖がらない人間がいる。それがやけに新鮮なことに思えて、行かないのはもったいない気がしたのだ。それに、これも何かの縁だ。

午後に控える血判状の件もあった。藁《わら》にもすがる心境だった。こんな間抜けな悩みを相談できる相手は、伊良部しかいない。

中に入ると、背中に人影を感じた。はっとする間もなく、大男に抱え上げられた。毛むくじゃらの腕が、誠司の上半身を締め付ける。

「おい、こら。なんの真似だ！」かけていたゴーグルが弾け飛んだ。振り向くと、中東系の顔立ちをした外国人だった。

「えへへ。三回目になると、こっちも工夫しないとね」伊良部が歯茎を出して笑っている。

「近くに住んでるイラン人を雇ったの。いつも薬をあげてるから、顔見知りなんだ」

「先生、ドコニ運べバイイデスカ？」と、イラン人。

「診察台に乗せて、押さえ込んでくれる」

いつの間にか、看護婦が注射の用意をしていた。

「おい、この野郎。逆療法は二回までとか言ってただろう」誠司は声をからして抗議した。

「本当は三回。今日が最後だから」

「誰が信じるか。おい、いい加減にしねえと、右翼の街宣車を毎日寄こすぞ」

「先生、困ラセル。アラーノ神ガ許サナイ」

「おまえは黙ってろ。関係ねえだろう」

診察台に寝かされ、左腕に消毒薬が塗られた。注射器が近づく。めまいがした。

「わ、わかった――」誠司は観念した。ここは代紋《だいもん》が意味をなさない空間なのだ。「打たれてもいいから、とにかく離してくれ」

「信用できないなー」伊良部が疑わしそうな目をする。

「あんたが言う台詞《せりふ》かっ」

懸命に懇願して、イラン人から解き放たれた。「おれも男だ。注射なんぞを怖がってちゃあ、看板に傷が付く」自分に言い聞かせるように声を発する。

「そうそう、その意気」と伊良部。殴ってやろうかと思った。

みなが見守る中、自ら注射台に腕を乗せ、下っ腹に力を入れた。注射器を見たら脂汗《あぶらあせ》が流れた。何をやっているんだ、おれは？　情けなさがこみ上げる。

看護婦が針を近づけた。全身が小刻みに震えた。たまらず顔を背《そむ》ける。チクリとした痛みが走り、ものの数秒で注射は終わった。

「なんだ、克服したじゃん」

「でも吐き気がする」

「昨日一昨日《おととい》よりは格段の進歩だよ。治療の効果あり、と」

言い返すこともなく診察台に横になった。自分は、さぞや青い顔をしていることだろう。すぐ脇では、伊良部がイラン人に金を渡している。もはや驚きはしなかった。伊良部に常識は通用しない。

看護婦が冷えたオシボリを額にぽんと被《かぶ》せた。つい「ありがとう」と礼を言ってしまう。ひどい目に遭っているのはこっちなのに。

「かっこいいじゃん、これ」伊良部が落ちているゴーグルを拾い上げて言った。

「それで多少は緩和されるんですよ」

「ふうん。いっそフルフェイスのヘルメットにしたら。溶接工が使うマスクでもいいし。あはは」

突き出たおなかをさすって笑っている。帰るか。力なく体を起こす。いや、用があって来たのだ。

「先生。実は今日、ちょっとやばい予定が入っていてですね……」

誠司は午後の儀式について話した。高齢の親分が昔気質《かたぎ》の人間で、やたらと血判状を作りたれること。

がること。短刀を前にしたら震えて逃げ出してしまいそうなこと。粗相があるとケジメをとられること。

「なんか特効薬はないんですか」

「モルヒネでも打ってみる？　恐怖心も麻痺すると思うけど」伊良部が、平然と言い放った。

「あのね、特攻隊じゃないんだから。それに、うちの組はヤクにはうるさいんですよ」

「ＨＩＶ陽性の診断を書いてあげようか」冗談を言っているふうでもない。誠司は脱力した。

「先生、真面目に考えてくださいよ。こっちは真剣なんですぜ」

「じゃあねー、とりあえずリハーサルをしてみよう」

伊良部が楽しげに言い、看護婦にメスを用意させた。丸テーブルの上に、光り輝くメスが置かれている。途端に急所が縮みあがり、額に汗が浮き出た。

「はい、持ってみて」伊良部が指示する。

呼吸が荒くなった。逃げ出したい衝動に駆られ、知らず知らずのうちに腰を浮かせていた。恐る恐る手を伸ばす。正視できないので、顔を背けた。

「それは、まずいなー。周囲に怪しまれる。別のことを考えたら？　子供の頃の、楽しかったこととか」

「そんなの急に言われても……。だいいちうちの親は夫婦仲が悪くて、おれが十八になるのを待って離婚してんだから」

「それなら、歌を唄うという手もあるけどね。要するに、意識をメスに集中させないことが大事なわけよ」

「血判状を押すときに、なんの歌を唄えっていうんですか」

手が縮こまって、どうしても届かなかった。なにより上体が勝手に引いてしまっているのだ。

「無理か。手が震えるんじゃ」伊良部があきらめ顔でメスを片付けた。

誠司は落胆した。あと数時間で、否応なく運命の時はやってくる。

「ちなみに血判状って、自分で指を切るわけ？」

「そうですけど」

「人に切ってもらうのなら、まだ耐えられる？」

誠司は考え込んだ。死ぬ気で歯を食いしばれば、我慢できるかもしれない。

「できるよね。さっき、注射だって耐えたんだから」

「はあ」生返事をする。しかし、血判状は自分で切るのがしきたりだ。

「右手、骨折したことにしてギプスで固めちゃおうか」

顔を上げた。一筋の光が差した気がした。

「それからぼくの古くなった眼鏡をあげる。視界がぼやければ、恐怖もやわらぐでしょ」

「先生……」思わず手をとっていた。不覚にも目頭が熱くなる。最善ではないが、最悪の事態だけは免れそうだ。兄弟分の水谷に切ってもらえばいいのだ。

誠司は伊良部の手をいつまでも握っていた。

紀尾井一家の本部事務所に幹部が集合した。和室にリフォームした奥の間の、上座に親分が座っている。

「おう、猪野。どうしたその腕は」代貸に言われた。

「すいません。不注意で、ちょっと怪我を」真剣な面持ちで頭を下げる。「署名と親指を切るのは水谷に頼みます」

「それはいいけど」と水谷。「なんだ、牛乳ビンの底みたいな眼鏡をして。おまえ、視力は一・五だろう」と水谷。

「急に悪くなったんだよ」苦しい言い訳をした。

焦点が合わないせいで、頭がくらくらする。全員が着席したところで、親分が重々しく口を開いた。

「スズキ建設が、長きに亘る付き合いを一方的に破棄しようとしている。これはかつて、労働争議や組合潰しに尽力した紀尾井一家の先代に対する侮辱行為であり、我々は断固認めるわけにはいかない。仁義にもとる現経営陣に対しては、護国団体の名において……」

八十を超えたこの老親分は、金が好きなくせに任侠道を語りたがり、多分に自己陶酔の気があった。だから血判状などというアナクロニズムに走るのだ。

「よって血判状を以て紀尾井一家の強固なる意志を示し、経営陣の怠慢をここに問いただきさん」

要するに相手をびびらせる手段なのである。

長い話が終わると、行儀見習いの若い者が短刀を三方《さんぽう》に載せて運んできた。その間に各自が書状に署名をする。

誠司がゴクリと喉を鳴らす。さすがに短刀は存在感があり、包丁や注射器とは迫ってくるものがちがった。この場を逃げ出したい衝動に駆られた。

「兄弟。顔色が悪いぞ」隣の水谷が小声で言う。

「なんでもない」無理に背筋を伸ばし、歯を食いしばった。

まずは親分が血判を押す。あとは席順で、末席の誠司が最後となる。親分は短刀を手に取ると、大袈裟な振りで左手親指に刃を当て、すっと引いて血を出した。書状に血判を押す。すかさず横から若者が、真新しいサラシの切れ端を指に巻きつけた。

続いて代貸が、慣れた手つきで指を切る。短刀が照明でキラリと光り、それを見た誠司は思わず立ち上がっていた。

「なんだ、おまえ」幹部から尖った声が飛ぶ。

「あ、いや、その。小便に……」しどろもどろになる。顔中から汗が噴き出た。

「ふざけるな。終わるまで待て」険しい目で叱責された。

誠司が腰を下ろす。だが、どうにもじっとしていられなかった。今にも尻が浮きそうだ。そうだ、別のことを考えよう。伊良部が言っていた。歌を唄えばいいのだ。声は出せないから、心の中で。

(ちょいとC調言葉にだまされ〜泣いた女の涙も知れずに〜)

なんでサザンなんだ。仮にも極道だろう。

(恋人よ〜ぼくは旅立つ〜)

今度は太田裕美かァ。おれの心の奥底には何があるのか。まあいい、意識をそらすためならなんでもいいのだ。

必死に心の中で歌を唄った。こみ上げてくる不安感を、懸命に奥歯で嚙み殺した。

でもだめだった。短刀が隣の水谷に回ってきたところで、すべての意識が光り輝く刃に向かってしまった。こうなると、度の合わない眼鏡も役に立たない。

膝が震え、あわてて左手で押さえたら、その手にまで震えが移った。「あわわ」声が出てしまう。

「おい、猪野。さっきからなんだ。様子がおかしいぞ」水谷が血判を終え、こちらを向いた。手には短刀が握られている。「さあ、おまえの番だ」

視界がゆがんだ。やはり注射器とは恐怖の大きさがちがう。とてもじゃないが、自分の指を差し出せない。腰が砕け、正座していた膝が崩れた。うしろに転がった。

「猪野。親っさんの前でなんだ。無礼が過ぎるぞ」代貸が顔色を変えた。

「きさま、神聖なる儀式をなんだと思ってる」ほかからも叱責が飛ぶ。

いかん。絶体絶命だ。へたすりゃエンコ詰めだ。そうすりゃあまた刃物のお出ましだ——。

「兄弟!」誠司は声を振り絞った。体を起こし、片膝を立てた。「おれにはできねえ。血判状の判を、人様に切ってもらって押すなんて、そんな恥さらしな真似はできねえ」言葉が勝手に口をついて出た。

「なんだよ、おまえ。何言ってんだよ」水谷が眉をひそめる。

「血判ってえのは、決意の証だ。自分で切ってこそ意味があるもんだ」

「おい、目が赤いぞ」

「黙って聞け！」訝《いぶか》る水谷を怒鳴りつけた。「おれはおまえに手伝わせようとした。てめえの粗相で腕を折っておいて、その尻拭いを兄弟に押し付けようとした。こんな情けない極道が紀尾井一家の代紋を背負っていいわけがねえ」

みながあっけにとられて誠司を見ていた。異星人でも見るような目で。

「ヤッパなんかいらねえ。てめえの不始末はてめえでカタをつける」

誠司は左手の親指を口元に運ぶと、歯で皮膚を嚙み切った。痛みは感じなかった。そんな余裕はなかったのだ。

「兄弟、書状を頼む」

「お、おう」気圧《けお》された水谷が書状を前に差し出す。誠司は血にまみれた親指を名前の下に押し付けた。

誰も言葉を発しない。柱時計の振り子の音だけが響いている。しばし沈黙ののち、親分が声をあげた。

「えらい！　それでこそ日本男児だ」親分が興奮した面持ちで立ち上がった。「血判状とは本来、男の決意を表わすものよ。人様に手伝わせちゃいけねえ。手が使えなきゃ歯で嚙み切る。

見上げた根性じゃねえか。猪野よ、貴様の男気、しかと見届けたぞ」口角泡を飛ばしている。

幹部たちが互いに顔を見合わせた。これでいいの？　と顔に書いてあった。

「おまえらも猪野を見習って、せいぜい任侠道を極めることだ」

「いえ、親っさん。あっしなど、そんな大したものでは……」

誠司が謙遜する。なんとなく、なりきっていたのだ。

「猪野。小遣いやるから、あとでわしの部屋に来い」と親分。

「恐縮です」厳《おごそ》かに言い、頭を下げた。いつの間にか汗は引いていた。

若い者が短刀を片付けると、どっと緊張が解け、張っていた肩が落ちた。悟られまいと、厳しい表情を保ち続けた。

誠司は自分の芝居に感心した。でも、この場限りだよなあ。いつかばれるに決まっている。

幹部たちはその後、妙によそよそしかった。


ほっとしたのも束の間、事務所に戻ると、吉安一家から電話があった。和美の出店計画が、契約段階で早くも向こうの知るところとなったのだ。

「あのね、お宅同様、水商売のテナントはすぐに情報が入るわけよ。保証人として名前なんか書いちゃって。猪野さん、うちに喧嘩売ってるわけ？」

静かな口調だったが、一歩も引かないという威圧感があった。誠司は憂鬱になった。あの馬鹿、人の名前を勝手に――。しかしこっちも「ハイそうですか」では引き下がれない。格好が必要なのだ。

「べつに、そちらさんの米櫃《こめびつ》に手を突っ込もうなんて気はありませんよ。契約人は、みかじめ料はともかく、おしぼりだの鉢植えだのには付き合ってもいいって言ってる。それにわたしはノータッチですよ」

「おかしなこと言うねえ、猪野さん。契約人はあんたのオンナでしょう。仮にだよ、おれのオンナがそちらさんのシマに店を出して、おれが通ったらどうなります。ノータッチで済みますか？」

実にもっともだ。ただ、それでも引かないのがやくざ稼業である。

「わたしにどうしろと？」

「決まってるでしょう。さっさと解約するんですよ。あんたが足を洗うとでもいうのなら別ですがね」

「わかりました。じゃあ、こっちもすでに金を払い込んであることだし、損金をそちらが補塡するってことでいかがですか」

「おい、本気で言ってんのか」口調が変わった。「寝言は床で言えよ」相手が低く凄む。

鬱陶しいなあ。誠司は一人顔をしかめた。落としどころなど、あるわけがない。

「ガタガタぬかすんじゃねえ。店一軒でうろたえるたァ、吉安一家も安くなったもんだな」なのに応戦していた。性《さが》なのだ。

「なんだと、この野郎。電話じゃ埒《らち》が明かねえ。明日、うちの事務所に顔を出せ」

「馬鹿か。誰がてめえんとこの不衛生な事務所なんかに行くか。おれの顔を拝みたければ、ホテルのスイートでも予約しやがれ」

激しい言い合いののち、繁華街の喫茶店で会うこととなった。同年輩の吉安は、「ヤッパのヤス」と呼ばれ、すぐに刃物をちらつかせることで有名なやくざだ。胸の中に灰色の空気が充満する。まさか、衆目の中でそれをするとは思えないが。

もちろん、家に帰って和美を責めた。

「どういうつもりだ。人の名前を勝手に使いやがって」

和美は頬をふくらませ、「だってえ」とか「でもォ」とか、身勝手な言い訳をした。

「とにかく店は諦めろ。強引に開店したとしても、連中のいやがらせが待ってるぞ」

「じゃあ、セイちゃんが引退したらいいじゃない。向こうだってそう言ったんでしょ？」

「何言ってんだ。そんなもんやくざの常套句《じょうとうく》だ。意味なんかあるか」

抗弁するものの、中途半端なトーンだった。ここ数日、心に引っかかっていたことなのだ。

「セイちゃん、疲れたりしないの？　縄張り争いなんて。始終牙を剝いてなきゃなんないんでしょ」

「それが仕事なんだよ」

「尖端恐怖症だって、本当は神経がまいってるからよ。強がってるけど、本当はデリケートなのよ」

「やかましい。勝手なこと言うな」

憤慨して、風呂場に向かった。和美まで、伊良部と同じことを――。

強がってる？　冗談じゃねえぞ。そもそも、いまさら足を洗って何をしろというのか。スナックのマスターか？　アイスピックさえ握れないというのに。

誠司は浴槽の縁に体を預けると、目を閉じ、深くため息をついた。

4

「あれ、猪野さん、来たの？」

ノックしないでドアを開けると、伊良部は意外そうな顔で誠司を見詰めた。すぐには入らず、ドアのうしろ側を見やる。イラン人はいなかった。

「さすがにもう来ないだろうと思って雇わなかった。しまったなー、来るなら言ってよ」伊良部が指を鳴らし、残念がっている。

またしても伊良部の病院に足が向いてしまった。三度もひどい目に遭っておきながら。やくざとして扱われないことが貴重な体験に思えた。言いなりになる快感があることを、久しぶりに思い出した。それに、気の迷いがあった。昨夜、眠れなかったのだ。

「先生、なんか力の出る薬でもありませんか。注射じゃなく、飲むやつで」

「あるよ、いっぱい。万能感の湧くやつ、世の中バラ色に見えるやつ、どれがいい？」

「じゃあ万能感の方で、って先生、それは向精神薬の類でしょう」

自分でツッコミを入れていた。へなへなと力が抜ける。でも、腹は立たなかった。この男の前では、伊良部のたとえで言うハリネズミが、ハリを寝かせていられるのだ。

「猪野さん、元気ないじゃん。また血判状？」

「そうそう毎日ありますか。それよりもっと面倒なことがあるんですよ」

「何よ。教えて、教えて」伊良部が子供のようにせがむ。

誠司は対立組織と揉めていることを話した。心の隅に、誰かに聞いて欲しいという気持ちもあった。組の人間には言っていない。火種の原因が自分にあるからだ。

「一人で行くわけ？　危なくないの」

「いきなり切った張ったはないですよ。街中の喫茶店だし。ちょっと物騒な話し合いがあるだけです」

「ふうん。ぼくも行ってあげようか。用心棒で」伊良部が言った。

誠司が顔を上げる。予期せぬ言葉にうまく反応できない。ただ、なにやらいい感じがした。

「なあんてね、冗談だけど」白い歯を見せる。

「先生、頼んます。一緒に行ってください」誠司は身を乗り出していた。「一切口を利かず、隣に座っているだけでいいです」

「えー。マジで？」

「どうか、頼んます」深々と頭を下げた。

諍《いさか》いごとは、結局のところ頭数だ。数的優位に立つ方が勝つ。二人でどうにかなるものではなくとも、一人よりはましだ。おまけに伊良部は巨体だ。ジェルで髪をオールバックにし、サングラスをかけさせれば、正体不明の大物フィクサーに見えなくもない。

「じゃあ、注射打たせてよ」

「へ？」

「行ってもいいから、一本打たせてよ」

「……先生、どうしてそんなに注射が好きなんですか」

「なんか、興奮するじゃない」鼻の穴を広げている。

誠司は額に手を置いた。仕方ないか、ここへ来てしまった自分が悪いのだ。

黙って左腕を差し出した。「おーい、マユミちゃん」途端に伊良部がはしゃぐ。

いつものように全身が震え、汗が噴き出て、気分が悪くなった。ただし暴れることなく、なんとか耐えられた。連日ともなると、慣れもあるのだろう。

「成長したじゃん」と伊良部。

面倒くさいので何も言い返さなかった。


指定された喫茶店は、繁華街の路地裏の地下にあった。看板に電気が点《つ》いておらず、いやな予感がした。

「先生、もしかしたら吉安一家の関係者が経営する店かもしれません。そうなると、敵地に乗り込むことになりますが……」

「いいんじゃない。ここまで来たんだし」

伊良部が櫛で髪を撫でつけながら言う。この男には、まるで緊張感がなかった。

エルメスのスーツにシャネルのサングラス。伊良部の盛装した姿はなかなか堂に入っていた。現に通りを歩けば人が避けたのだ。

「先生。眉間に皺を寄せて」

「こう?」

どうも決まらない。算数の問題が解けない小学生に見える。

「じゃあ、目の前のおやつを横取りされたことを想像して」

「こう?」やっと迫力が出た。

「そうそう。くれぐれも無言で」最後にもう一度念を押した。

ひとつ深呼吸して階段を下りる。扉を開けてみれば、果たして一般客は一人もおらず、吉安と若い衆が二人、奥のテーブルでふんぞり返っていた。

「なんでえ、コブつきか」吉安がダミ声をあげる。

「口の利き方に気をつけな。ここにいらっしゃるお方はなァ、うちが何かとお世話になっている精神科医、おっと、精神会の伊良部先生だ」

「セイシンカイ?　どこの団体だ」顎をひょいと突き出した。

「おい、吉安。恥をかきてえのか。小さな縄張りにしがみついている人間は世間が狭いもんだな」

誠司が啖呵をきる。続いて「先生、むさい場所ですいません」と伊良部に頭を下げた。

伊良部がポケットに手を突っ込み、胸をそらせた。その威容に、吉安が言葉を詰まらせる。連れてきてよかったと思った。

テーブルにつく前に、ボディチェックを受けた。若い衆に脇や腰回りを調べられ、伊良部の上着の内ポケットから注射器が出てきた。誠司は目をむいた。何を持ち歩いてるんだ——。

「おい、薄汚ねえ手で先生に触るんじゃねえ」先手を打って口を開いた。「伊良部先生は、ヤクの害を各団体で若い連中に説いて回っていらっしゃるんだ。その教材だ」いかにも苦しい言い訳をする。伊良部は泰然と構えていた。

「……まあ、いい。先生、預からせてもらいますよ」吉安に取り上げられる。

「おい、こっちにもボディチェックをさせろ」誠司が求めると、吉安は顔をこわばらせ、尖った声を発した。

「猪野よ、立場がわかってねえんじゃないのか。仕掛けてきたのはてめえだぞ」

「ふざけるな。アヤつけてきたのはそっちだ。立場はイーブンだ」

歩み出て、吉安の腰の辺りを触る。案の定、短刀がズボンに挟まれていた。鞘《さや》に納まっているものの、鋼鉄の刃を想像し、血の気が引きかける。もし抜かれたらこっちはパニックだ。

「おい、これはどういうことだ。話し合いじゃねえんなら帰らせてもらうぞ」険しい目でにらみつけた。

「抜きゃあしねえよ。お守りみてえなもんだ」吉安が顔を赤くする。

「そうはいくか。カウンターに置け」

「抜かねえって言ってるだろう」

吉安はやけに頑《かたく》なに拒んだ。苛立った様子で、目を瞬《しばたた》かせている。

「そういうことなら話はなしだ。次はおれも手ぶらじゃ来ねえからな。今日の見届け人は伊良部先生だ」そう言い、伊良部に向き直った。「先生、帰ったらみなさんに、ひとつよろしく」

伊良部が貫禄たっぷりにうなずく。しばしの沈黙。吉安は荒い息を吐くと、不貞腐れた顔で短刀をカウンターに置いた。「これでいいだろう」やっと話し合いが始まった。

「それで解約の手続きはするんだろうな」と吉安。

「あわてるんじゃねえ。物事には順序ってもんがあるだろう」誠司はたばこを取り出すと、火を点《つ》け、ゆっくりと天井に向かって煙を吐いた。「あのな、うちのオンナはただのオミズよ。姐《あね》さんでもなんでもねえ。たまたま一緒に暮らしてるのが、紀尾井一家の若頭っていうだけの話だ。シマって聞いても『どこの島？』って聞き返すようなオンナなわけよ。それがおたくの縄張りで店を開こうとしたからって、どうして組同士の喧嘩にできる？」

「じゃあ管理不行き届きだ。てめえの不始末だ」

「不始末？　おう上等だ。だったら、てめえのオンナがうちのシマを横切ったら捕まえて酢漬けにするぞ。いいのか」

「屁理屈こねるんじゃねえ。解約するかどうかを聞いてるんだ」

吉安がせわしなく瞬きする。いつの間にか貧乏揺すりをしていた。

「条件次第だな」深く腰掛け、脚を組む。「大方、その不動産屋っていうのは、舎弟とまでは言わないまでも、あんたの息がかかってるんだろう？　そこにまんまと礼金だの手数料だのを取られるのは、こっちとしても面白くねえ。返してもらおうか」

「ふざけるな。前に二、三度、地上げでかかわっただけで、組とは関係ねえ。だいいち、たかだか数十万だろう。ドブに落としたとでも思いな」

吉安が唇を震わせる。必死に怒りを嚙み殺しているように見えた。

「ねえ、猪野さん」そのとき、伊良部が脇腹をつついた。

誠司は焦った。馬鹿。黙ってろと言っただろう――。あわてて目で訴えかける。

「金額の話じゃねえんだよ。メンツの話よ。それくらい極道をやってりゃあわかりそうなもんだろう。少しは考えろ。それとも何か？　てめえの頭ん中に詰まってるのはフグの白子か？」

「グジャグジャぬかしてんじゃねえ。とっとと解約しねえと、店に鉄の玉が飛び込むぞ」

ますます吉安の貧乏揺すりが激しくなった。瞬きもひっきりなしにしている。

「おう、面白え、やってみろ。四課の顔見知りには有力情報をリークしといてやるよ」

「ねえ、猪野さんってば」とまたしても伊良部。

無言でにらみつけた。頼むよ、黙ってろよ。あんたの声は子供みたいなんだよ――。誠司は心の中で叫んだ。

再び前を見る。吉安は真っ赤な顔をしていた。額に汗を滲ませ、何かに耐えるように奥歯を嚙み締めている。うん？　誠司は我に返った。こいつ、具合でも悪いのか？

「この人、チックが出てるよ」伊良部が呑気そうに言った。

すぐには意味がわからない。「チック？」

「そう。神経症の症状」

たまらずといった体《てい》で吉安が立ち上がった。「おい、おまえら。ちょっと席をはずせ！」舎弟たちを怒鳴りつけた。

「えっ、いや、でも……」

「いいから出ていけ」

「兄貴、いいんですか？」舎弟が不安げな表情で、なおも伺いを立てる。

「早く出てけ！」目を血走らせ、追い払う仕草をした。

二人の舎弟が困惑しながらも店をあとにする。それを見届けると、吉安はカウンターに駆け寄り、短刀を手にした。

誠司は戦慄した。咄嗟《とっさ》に椅子を持ち上げ、脚を向け盾にした。ただし及び腰だった。足が震えたのだ。

「や、野郎。最初からそのつもりだったのか」声がかすれる。「吉安。いいのか、組同士の喧嘩になるぞ」喉がからからに渇いた。ここで短刀を抜かれたら、自分はきっと逃げ出してしまう。

「あわてるな」吉安が短刀をズボンに差し入れた。カウンターに手をつき、呼吸を整えている。

「抜きゃあしねえよ。何度も言っただろう」

吉安はスツールに腰を下ろした。天井を仰ぎ、何度も深呼吸している。

どういうことだ？　何が起こったのだ？　事態がつかめない。伊良部を見ると、「この人、ブランケット症候群だよ」と肩をすくめていた。

「ブランケット……症候群？」

「そう。スヌーピーのアニメに、ライナスっていういつも毛布を引きずってる男の子がいるじゃない。あれからきた名称」

言っている意味がわからなかった。その場に立ち尽くす。とりあえず椅子は下ろした。

「ライナスは毛布をつかんでないと不安でしょうがないわけ。なくなるとパニックになる。つまり毛布が精神を安定させる糧《かて》で、一種の依存症なのよ。この人の場合は、それが短刀なんだな」

誠司は眉をひそめた。なんだ？「ヤッパのヤス」とは、そういうことだったのか？

「先生。おたくさん、何者なんですか？」吉安が静かに言った。

「一応、精神科のドクターなんだけどね」

「ドクター？」声が裏返る。

「そう」伊良部が、歯茎を出してにっと笑った。

「猪野ォ。てめえ、ハッタリかましてくれたな。てっきりどこかの政治団体のお偉いさんかと思っちまっただろう！」

「もういい。とんがるな。話し合おうぜ」

なんとなく肩の力が抜けた。腰が引けたばつの悪さもあった。ともあれ、刃物を見なくて済んだのだ。

「うちだって、吉安一家とコトを荒立てようってつもりはねえ。正直言っちまえば、オンナが契約した時点でしまったなって思ったよ。でも、ほら、こっちも格好があるから」

誠司は散らかったテーブルと椅子を直し、腰を下ろした。伊良部は、もう役目は終わったと思ったのか、サングラスを頭に載せていた。

「保証金と礼金は戻してよ。不動産屋の手数料は迷惑料ってことでこっちも捨てる。それでどう？」

「……ああ、いいぜ」吉安があっさり言う。牙を収めた吉安は、案外純朴そうな顔をしていた。

「上には伝わってる？」

「いいや」

「こっちも話してない。だから、この場で手打ちだ」

「おう、わかった」

二人で目を合わせる。どちらからともなく苦笑した。

「格好悪いとこ見せちまったな」と吉安。「どうにもコントロールが利かねえんだ。ヤッパを抱いてねえと夜も眠れなくてな」

「わかるわかる」

「検問があるときなんか冷や冷やもんさ」

「そうだろうな」

「……理解あるじゃねえか」吉安の表情が和らいだ。「おめえ、けっこういいやつだな」

「うん？　お互い様だしな」

「お互い様？」

誠司は一人肩を揺すった。「いや、なんでもねえ。こっちの話だ」

「ねえ吉安さん、明日うちの病院へおいでよ。特効薬があるから」伊良部が割り込んだ。にこにこと微笑んでいる。

「あるんですか、そんなもん。だったら……」吉安が身を乗り出した。

「ああ、行くといいぜ。おれの主治医は、名医だから」

おかしさが込み上げ、誠司は腹を抱えて笑った。

仲間がいた。こいつも、ハリネズミだ。症状はまったく逆だが、根は一緒だ。

「なんだよ、何がおかしいんだよ」

吉安が不思議そうに見ている。誠司の笑いは、しばらく止まらなかった。


家に帰ると、和美が裁縫をしていた。あわてて針を隠す。

「いいぞ、続けても」誠司はやさしく声をかけた。

「だって……」

「たぶん平気だ。ほれ、見せてみろ」

のぞき込むと、和美は恐る恐る針を差し出した。

じんわりと体内に血が巡る。まるで平気ではないが、恐慌に陥るということはない。時間はかかるかもしれないが、この恐怖症は徐々に消えていくように思えた。

「へー、大丈夫じゃない。何かあったの?」

「うん? 実はな……」

誠司は今日の出来事を話した。談判の場に伊良部を同行させたこと、そこで神経症のやくざに出会ったこと、それを見たら不意に心が軽くなったこと――。久しぶりに夫婦らしい会話をした。

「セイちゃんだけじゃないんだね、デリケートなやーさんは」

「極道なんてそんなもんよ、みんな弱いところがあるから、精一杯突っ張ってるわけよ」

「じゃあ引退はしないわけ?」和美が顔を近づける。

「あのな、簡単に言うな。拾ってもらった恩だってあるんだ」

「セイちゃんとこの親分さん、いくつだっけ」

「もう八十を超えてるよ」

「そろそろだね、恩が切れるのも」

「おまえね――」

怒る気になれなかった。キスされたからだ。

和美の甘い匂いが鼻をくすぐる。誠司の心の中には、不安感がひとつもなかった。

数年後、自分はただのネズミに戻るのかもしれない。でもそれは、悪いことではないような気がした。

義父のヅラ

1

麻布学院大学医学部の同窓会には約八十人が出席していた。同期で卒業したのは百十五人なので、まずまずの出席率というべきだろう。三年に一度の定例行事で、今年で四回目になる。卒業して十二年経つと、医学部の場合いちばん若くても三十六歳ということで、かつての同級生たちの風貌にもそろそろ中年の気配が漂っていた。

大学講師で付属病院勤務の池山達郎《いけやまたつろう》は、水割りに口をつけながら会場を見回した。地方からわざわざ上京した者もいて、懐かしい顔がいくつもある。

「おい、今年は豪勢だな」寿司をつまみながら、同僚で外科医の倉本がにやついて言った。

会場が一流ホテルなのは毎回だが、今年は料理の豪華さが際立っている。

「そうか？」達郎が気づかない振りをすると、倉本は「この野郎、とぼけやがって。野村先生が学部長になったからだろう」と達郎の脇腹をつついた。

壇上には金屏風があり、その前には外科の元主任教授で現在は学部長の野村栄介が座っている。この男が、医学部の新しい権力者だ。そして達郎の義父だ。

「これでおまえも、母校の教授は確実だな」

「何言ってんだ。おれなんかどこかの市立病院に送られて、そこで余生を送るんじゃないの」

軽く笑って手を左右に振った。

「馬鹿言え、大事な娘婿を外になんか出すものか」倉本がからかうように言う。

達郎が野村の一人娘、仁美と結婚したのは五年前だ。縁談を持ち込まれたのではなく、向こうからアプローチされた。家に招待された若手医師の中で、達郎が仁美に気に入られたのだ。次男というのも、あったのだろう。おまけに、野村は娘に甘かった。

最初は戸惑ったが、徐々にその気になった。悪い話のわけがない。教授の身内になるのだ。大学に籍を置く以上、教授にならなければ意味がない。達郎はとくに野心家ではないが、人並みの煩悩ぐらいはある。

「神経科ならライバルはいないんじゃないのか?」

「あのなあ、そういう不純な動機で転科したわけじゃないぞ」

達郎がにらみつけると、倉本は「冗談だよ」と肩をすくめ、トロの握りをほおばった。

達郎が二年間の内科研修を経て神経科に転科したのは、純粋な医学への興味からだ。事実、精神薬理学の研究ではそれなりの成果を残している。「一般科」が不得手で逃げ込んだと思われるのは、精神科医にとって迷惑な偏見だ。

「おい、ところでそのトロ、うまそうだな」達郎が言う。見事な霜降りだったのだ。

「真ん中の寿司屋台。早く行かないと売り切れるぞ」

「もう遅い」そのとき、すぐ隣にいた地方大学の助教授に肩を叩かれた。「伊良部が来てる。トロもウニも、全部あいつの胃袋の中」

「伊良部？　医学部の厄災と言われた、伊良部一郎か」達郎は眉をひそめた。

「ほかに誰がいる。前回は不参加だったから六年振り。腹が突き出てすっかり中年オヤジになってやがんの」

「昔からフケてただろう。大学に入ったとき、おれは講師かと思ったぞ」倉本が言う。

「そうそう。同じ十八歳と聞いて、東京は怖いところだと思ったよ」別の旧友も話に加わった。

「あいつ、確か大病院の跡取り息子だったよな。小児科だっけ」達郎が聞いた。

「それがね……」今度は女医が手をひらひらさせて近寄ってきた。「子供の相手ならできるだろうって小児科に回したんだけど、患者の子供と喧嘩をするらしいの。それも同じレベルで。それで親からクレームが殺到して、神経科に転科したんだって。今は伊良部総合病院の精神科医」

「へー。じゃあ池山と同業じゃん。仲良くしておいた方がいいんじゃないの」誰かが笑いながら言う。

「伊良部なんかと一緒にするな。あいつが卒業できたのは秋篠宮殿下御成婚の特赦だろう」

「卒業は親父さんの力。なんたって日本医師会の有力者だからな。問題は国家試験に通ったたってことだろう。フリーメーソンの関与説まで出たくらいだぞ」

　みんなで口々に伊良部の噂をする。大学時代から伊良部は話題の宝庫だった。行動のすべてが変なのだ。骨格標本に蛍光塗料を塗り、シルクの白衣をあつらえ、野良猫を捕まえてはビタミン注射を打っていた。中庭の池の鯉は、すべて伊良部に食べられたという話だ。

「おい、今度はローストビーフに行ったぞ」助教授が言い、みんなで首を伸ばした。

　会場の中央に伊良部がいた。以前にも増して肥大した元同級生が、給仕係に肉を切らせ、皿に山のように盛っている。

「あいつ、何枚食う気だ」

「何枚も何も、全部だろう。駅前のソウル亭の焼肉食べ放題、あの男が中止に追い込んだのを忘れたのか」

　伊良部がその場で肉をほおばった。するすると喉《のど》に吸い込まれていく。

「わっ、こっちを見たぞ」

「目を合わせるな。知らんぷりをしろ」

　輪を作り、話題を変えた。いやあ最近は景気が悪くって――。ぎこちなく笑って無理に会話を続ける。黒い影が近づいてきた。巨体だから否応なく視界に入り込む。

「いやあ。みんな、久し振り」伊良部が明るい声で言った。無視しようとしたのに、腹で輪を押しのけ、真ん中に入ってきたのだ。

「よお、伊良部。元気そうだな」仕方なく達郎が返事をする。

「どうしたの？　こんな隅に固まって。料理は食べないの？」

「お寿司を食べたかったけど、トロもウニも売り切れたみたいだから」女医が皮肉を言った。

「そうなのよ。この人数で屋台ひとつはないよね」

みなで黙る。おまえがあらかた食べたんだろう。達郎は、つい声に出しかかった。

「伊良部、また太ったんじゃないのか。医師なんだから健康には気をつけろよ」倉本が、たるんだ頬の肉をつまんで言った。

「一応、甘いものは控えてるんだけどね」伊良部が歯茎を出して微笑む。達郎は、この男が食後にロールケーキを一本食べていたことを思い出した。

「ところで病院経営はどうよ。伊良部は、いずれは院長だろう」

「なんとかなるんじゃない？　今度、葬儀部門と墓地販売部門を設立しようと思ってさ。そうすれば患者も安心してうちで死ねるじゃん。あはは」

「伊良部君が言うと、冗談に聞こえないね」女医が下唇をむいた。

「あとは輸入車販売も。製薬会社は断れないだろうし」

伊良部は相変わらずだった。一オクターブ高い声が、周囲の人間を脱力させる。

そのとき、ワゴンに並べられたシャンパングラスが運ばれてきた。「おい、理事長が来たぞ」とささやく声がする。

「野村先生が出席を願ったんだってよ」

「なんだよ、自分の学部長就任のお披露目会かよ」

あちこちから陰口が聞こえた。もちろん、達郎の周囲は聞こえない振りをしていた。義父の野村はノーブルな紳士だが、一方では出たがりの出世好きだった。権力を手にしてうれしくて仕方がないのだろう。

給仕係がグラスにシャンパンを注いでいく。縦横きれいに並んだグラスを見ていたら、達郎の喉がごくりと鳴った。喉が渇いたのではない。壊したくなったのだ。

すうっと血の気が引き、冷汗が流れた。まずいな、こんなときに——。酸欠にでもなったように呼吸が荒くなる。

奥歯を噛み締め、背を向けた。でも頭の中には鮮烈なイメージがあった。つかつかと歩み寄ると、両手でワゴンをひっくり返しているのである。この自分が。

「おい、池山。どうかしたか」倉本に聞かれた。きっと青い顔をしているのだ。

「なんでもない。ちょっと立ちくらみがしてな」適当な言い訳をする。

「伊良部のせいだろう。あいつは毒気を振りまくんだ」

「何？　呼んだ？」と伊良部。

「呼んでない」二人で語気強く言い返した。

グラスが配られ、壇上に人が上がった。幹事の医局長だ。マイクを手に話し始める。

「ただいま、理事長がいらっしゃいましたので、ここで乾杯の音頭をいただきたいと思います。併せて、野村新学部長のご挨拶を……」

「政治家みたいだなー。同窓会に関係ないじゃん」伊良部が口をすぼめて言った。

「おい」と倉本がたしなめるのを、達郎が制した。

「気を遣わなくていいよ。公私は別だから」

達郎は襲い来る衝動と戦っていた。油断すると壇上へ行ってしまいそうだった。今度はシャンパングラスではない。義父の野村は、一目でわかるカツラを頭に載せていた。自分がそれを剝《は》いでしまいそうなのだ。

野村を見かけるたびに、カツラを剝ぎたくなった。病院の廊下で、大学の教室で、妻の実家で。今夜はとくにひどかった。なぜなら、人目が多いほど衝動が強く出るからだ。

肘の関節がうずうずした。じっとしていられなくて貧乏ゆすりをした。

「池山。本当に顔色が悪いぞ」倉本がのぞきこんで言った。「どうした。急にだろう」

「外の空気でも吸ってきたら？」と伊良部。

「いや、中座はまずいよ」達郎はかぶりを振り、下腹に力を込めた。野村は礼儀にうるさい。出口に向かう姿を目撃されたら、よくは思われないだろう。

人ごみに紛《まぎ》れ、なるべく壇上を見ないようにした。踏み出してしまいそうな足は、ポケットに手を突っ込んで押さえた。

「池チャン、脂汗《あぶらあせ》が出てる」伊良部が耳元で言った。「禁断？　強迫？」

その言葉に達郎は思わず振り向いた。「ええと……たぶん強迫」ついという感じで答えてしまう。

「いい注射、あるけどね」伊良部が眉を上下に動かした。

そうか、この男も精神科医だった。日頃患者に接していれば、発汗ひとつで異常が知られてしまう。

「おれ、やっぱり変？」震える声で聞いた。

「ウンチでも堪《こら》えてるみたい」

「他人事だと思って……」でも当たっていた。感覚としては同じなのだ。

「一度、うちに来れば？」

「誰がおまえの病院なんか」

「看護婦はFカップ」伊良部が恵比寿様のように目を細めている。

まったく――。返事をしないでいると、「じゃあ明日ね」と背中を叩かれた。

達郎は膝を震わせながら、一度相談してみるのも手かな、と思った。春頃から始まったこの症状は、同僚はもちろん妻にも話していない。伊良部なら構えなくて済みそうだ。

乾杯の音頭に合わせてシャンパンを飲んだ。壇上の野村の、あまりに不自然な生《は》え際が目に飛び込む。

頭の中のスクリーンには、実に具体的な映像が投影されていた。壇上に上がった自分が、スピーチ中の野村に近づくと、うしろからひょいとカツラを取り上げているのである。騒然となる会場。口が利けないでいる出席者たち。自分は顔をひきつらせ、立ち尽くしている――。

達郎は拳《こぶし》を握り締め、この狂気にも似た衝動と戦った。精神科医でなければ、自分はもっとパニックに陥ったことだろう。

迷った末、伊良部の病院に行くことにした。やはり同業者の意見を聞いてみたかった。ただ、知り合いはいやで、知らない医師はもっといやだった。伊良部はそのどちらにも属さないように思えた。なぜか異国で医者にかかる感覚なのだ。

伊良部総合病院の神経科は薄暗い地下一階にあった。跡取り息子でこれかよ、と達郎は義憤を覚えた。神経科はどこでも隅に追いやられる。

「いらっしゃーい」ドアをノックすると、中から甲高い声が響いた。入ると診察室は書斎風で、伊良部は一人がけのソファに腰掛けていた。

「おい、経営者一族なんだから、もっと日当たりのいい部屋にしろよ」中を見回し、達郎が文句をつける。

「しょうがないじゃん。売り上げ低いし」伊良部が頬をふくらませて言う。続いて「おーい、マユミちゃん」と看護婦を呼び、コーヒーをいれるよう命じた。

一昔前のボディコンのような白衣を着た看護婦が、盆にカップを載せて現れる。達郎は目をむいた。胸の谷間がくっきり見える。ただし無愛想で、いらっしゃいとも言わない。

「それでさあ、池チャンに頼みがあるんだけどさあ」伊良部が口を開く。「うちの紹介状、付属病院で受け付けてくれない？　最近、面倒な患者が多くて」

「はあ？」達郎は眉を寄せた。「何言ってんだ。今日、おれは診察を受けに来たんだぞ」

「あれ、そうだっけ」

「しかもおまえが来いって言ったんだろう」

「そんな気もするかな」

達郎は深くため息をついた。少しは大人になっているのではと油断していた。伊良部は言った端から忘れる男だったのだ。

「じゃあ、話してよ」関心なさそうにコーヒーをすっている。

「あのな。おまえの方が臨床経験は豊富だと思って聞くんだけど、強迫神経症の場合、投薬はどうしてる？」

「症例によるけどね」伊良部がソファにもたれかかって言う。

えらそうに、という言葉を飲み込み、達郎は自分の症状を説明した。なるべく深刻そうに聞こえないよう、軽い調子で言った。

「実は最近、自分が何か派手なことを仕出かしてしまうんじゃないかと、ひやひやしているわけよ。ゆうべのパーティーで言えば、テーブルに並べられた高価なシャンパングラスが目の前に出てくると、わーって、めちゃめちゃにしたくなって、必死に堪えなきゃなんないわけ」

「破壊衝動ってやつ？」

「大雑把に言えばそうだけど、研究室にあるビーカーだの試験管だのには無反応だから、たぶん、人前でマズイことをしたくなるんだと思う」

「たとえば？」

「いろいろあるさ。学会の論文発表のとき、欽ちゃん走りで登場してみたくなるとか……」

「あはは。やってよ。見に行くから」伊良部が高らかに笑う。

「笑い事じゃないぞ。実際、マジで足が動きかけたことがあるんだよ」

「ふうん。それから？」

「式典のとき、ふと壁の非常ベルに目が行って、押したい衝動と一時間戦うとか……」

「押して逃げればいいじゃん」

伊良部が身をよじってよろこんでいる。一瞬、義父である野村のカツラのことを言おうかと思ったが、万が一のことを考え、留まった。噂にでもなったら取り返しがつかない。

「それで薬は飲んでるわけ？　うちで処方するとしたら抗不安剤だけど」と伊良部。

「それはおれも飲んでる。いろいろ試してはいるんだ」

「ちなみに原因に心当たりは？　強迫神経症の場合、親の躾《しつけ》が厳し過ぎたっていう説が一般的だけど」

「伊良部はそう思うのか？」

「ううん。全然」首を振る。頬の肉がプルンと揺れた。「それって安易過ぎるよ」

ほう。達郎は、伊良部が意外と進歩的なのに感心した。近年は脳研究が進み、特定の脳内物質の不足が神経症にかかわっていることがわかり始めている。なんでも心的外傷に原因を求めるのは古い精神医学だ。

「ぼくは野菜不足だと思うけどね」

「はあ？」

「ビタミンの欠乏が交感神経に異常をきたすわけよ。というわけで、注射打とうか」

「何言ってんだ、おまえ。内服薬で充分だろう」

「おーい、マユミちゃん」

伊良部の声に、カーテンの向こうからさっきの看護婦が現れる。呆気にとられているうちに注射の用意がされ、達郎は左腕を台に縛り付けられた。

「ちょっと待てよ」声を発するが、聞き入れられない。看護婦の胸の谷間が迫ると、思わず視線がそちらに向かった。そして意識が留守になったところで、腕に針の刺さる痛みを感じた。

「痛ててて」正面を見る。伊良部が鼻の穴を広げて見入っていた。

なんだ、これは――？　思いつくことがなにもない。なにやら現実から遊離したような一分と数十秒だった。

「しばらく通院してね。ビタミン注射、打ってあげるから」伊良部が微笑んでいる。

「通院？　どうして毎日ビタミン注射を打たれに来なきゃならないんだ」

「倉本たちには黙っててあげるから」目をらんらんと輝かせた。

「おい、汚いぞ。医師には守秘義務があるだろう」達郎は色をなした。

「まあまあ、領収書ならいくらでも切ってあげるし。研究費の水増しに便利だよ」

二の句が継げないでいると、ヤクルトが出てきた。ええと、ここはどこだっけ――。夢でも見ているような気になった。

「破壊衝動は、要するに自分を壊したいってことだから、代償行為を見つければ、案外収まるんじゃないの？」

伊良部の言葉に、達郎が顔を上げる。治療に代償行為とは初耳だが、理には適《かな》っている。まるっきりの痴愚魯鈍《ちぐろどん》の類ではなさそうだ。

「地元の暴走族に入れてもらうとかね。かっ飛ばして、暴れて、スカッとするんじゃない？」

「あのなあ、逮捕されたら事だろう。だいいちこんなおっさん、入れてくれるか」

「とにかく羽目を外すこと。童心に帰ること。欽ちゃん走りぐらいなら許容範囲だよ」

「こっちは勤務医で、おまけに大学の講師だぞ」達郎が顔をしかめる。

ただ、羽目を外すという進言は心に引っかかるものがあった。学生時代は明るい性格で、ウケることが大好きだった。今は妙に慎重だ。早目にブレーキを踏んでいる。医師としての自覚といえば聞こえがいいが、要するに臆病になったのだ。

「明日も来てね」と伊良部。

「ああ」達郎はなんとなくうなずいていた。

都合の悪いことに、学部長室が医学部の中庭をはさんだ正面に引っ越してきた。来客が多いとの理由で、出入りのしやすい一階に移されたのだ。

大きな窓なので、達郎の研究室からは否応なく野村の姿が目に飛び込んだ。一目でカツラとわかる生え際も。

野村は昼休みになると、中庭で日向ぼっこをしていた。籐製の椅子を秘書に用意させ、読書をするのだが、すぐに居眠りをするのが日課だった。そのたびに達郎は、うしろから忍び寄ってカツラを剝ぎ取りたい衝動に襲われ、一人脂汗を流した。

仕方がなく、昼間はカーテンを閉めることにした。助手や学生には集中するためだと言い訳したが、訝《いぶか》る目で見られた。

2

子供ができて以来、週末は妻の実家に顔を出すのが習慣になっていた。本心は自宅でのんびりしたいのだが、義父の野村に「孫の顔が見たい」と言われると、断ることもできない。その週の土曜日も、仁美と息子の拓也を連れて、調布の瀟洒《しょうしゃ》な邸宅を訪れた。敷地は百五十坪あり、立派な日本庭園もある。

達郎は、いずれはここに住むのかな、と漠然と思っている。仁美が都心を好んでいるので同居は免れているが、両親に申し込まれたら、達郎に発言権はないだろう。

「拓也ちゃーん。おじいちゃんですよー」

野村が相好をくずし、居間で三歳の孫を抱き上げる。達郎の視線は、自然と野村の生え際に向かった。間近で見ると、見事なまでに一直線なラインである。百人が百人とも、カツラとわかるだろう。とくに観察せずとも、目に飛び込むのだ。

「ジイジ」拓也がじゃれながら手を伸ばす。野村は、顔はいじらせるものの、頭は巧妙によけ、孫とスキンシップをはかっていた。

毎度のこととはいえ、達郎はハラハラしながら見ていた。もしも拓也がカツラを引っ張ったら、野村はどんな顔をするのか。想像するだけで身が縮む。

「拓ちゃんの幼稚園は決めたの？」義母が聞いた。

「まだ再来年」仁美が答える。

「早めに決めた方がいいわよ。名のある私立だと理事の推薦も必要だし」

「そうね、考えとく」

母子でそんな会話を交わしている。

子育てに関して達郎は蚊帳《かや》の外だ。普通のサラリーマン家庭に育ち、奨学生だった達郎にとって、野村家は初めて見たインテリの家庭だった。夕食にワインを飲む、初めはそれだけで気後れしていたものだ。

拓也がソファによじのぼり、野村に肩車されようとしている。「これ、これ」野村は上機嫌ながらも、孫の両手を握り、自由にさせなかった。防御なのか、無意識なのか。

達郎は背中を向け、見ないことにした。少しでもカツラがずれたら――。その瞬間を目撃したくない。

「拓也。お行儀が悪い」仁美がたしなめると、息子はおとなしく言うことを聞き、今度はミニカーで遊び始めた。

達郎は妻から、義父のカツラについて話されたことはない。「うちのお父さん、ヅラだから」

そう言ってくれたら、こっちも気がらくなのだが。自分から聞く勇気はなく、夫婦間の触れてはならないこととなった。

達郎には疑問がいくつもあった。第一に、野村は、自分のカツラを気づかれていないとでも思っているのだろうか。だとしたらたいした楽天家だ。第二に、義母や仁美はどう思っているのか。自分の実家ならまずからかう。そうやって互いにらくになる。なのにここの女たちは知らないふりをする。気を遣っているのだろうか。

寝るときは、当然外すはずだ。義母は毎日それを見ている。仁美だって、結婚前は見ていたにちがいない。頭に目が行ったりしないのだろうか。「よっ、ツルピカ大王」とか軽口をたたいたりしないのだろうか。達郎には謎の家族なのだ。

「達郎君、研究の方はどうだい？」野村が聞いた。

「はい。滞《とどこお》りなく進んでます。学会までにはなんとか」生え際を見ないようにして答えた。

「ドイツ語の授業の方はどう？　前回の試験は全体に成績が悪かったようだね」

「すいません。厳しくやっているつもりなんですが」

野村とはいつも仕事の話になった。達郎の趣味はプロ野球で、野村はオペラ鑑賞だ。共通の話題がないのだ。

夕食はダイニングでとった。義母と仁美の手料理だ。テレビがないので、会話を交わしながらということになる。

「この前、上野の美術館に行ってね。大英博物館の至宝展を観てきたよ。世界一周って感じだったね」

「わたし、ロンドンで観た。仏像彫刻のコレクションには驚いちゃった」

「古代オリエント文明も凄いのよ。芸術って永遠なのね」

当然、達郎は話についていけるわけもなく、黙って拓也の食事の世話をしていた。野村家の晩餐はいつも緊張した。だいたい、テーブルに花が飾ってあるのだ。

「ぐえ」拓也がゲップをした。「拓也」すかさず仁美が叱り、にらみつける。

「えへへ」拓也はうれしそうだ。ふと、達郎もゲップをしてみたくなった。「ぐえ」と。盛大に。達郎の実家では平気でゲップをしていた。誰も気にせず、非難の声もなかった。

やったらどうなるのだろう。野村はどんな目で見るのだろう。

ビールも飲んでいるし、いつでも出せる。喉がごくりと鳴った。脈が速くなった。

だめだ、できない――。気まずい空気が流れること必至だ。

背筋を伸ばし深呼吸すると、野村と目が合った。「このワイン、おいしいから、達郎君もひと口どう？」目の前のグラスに注がれた。野村が身を乗り出している。

つい生え際に目が行ってしまった。視線が吸い込まれる。そのとき、不意に左手が持ち上がった。蛇が頭をもたげるように、ひょいと。野村がびくりと顔を上げた。

いかん、自分は何をしようとしているのか。達郎は頭の中が真っ白になった。

「あわわわ」グラスを倒した。テーブルにワインがぶちまけられる。

「おっと。大変だ」

「す、すいません」ますます焦り、立ち上がる。同時にバランスを崩し、達郎は椅子ごとうしろにひっくり返った。足がテーブルに当たり、卓全体が上下に揺れる。

「ちょっと、パパ！」仁美の声が飛んだ。食器が派手に音を立てる。達郎は、床にしたたか後頭部を打ちつけていた。銀粉が視界に舞う。

「何やってるのよ」「達郎さん、大丈夫？」口々に声が上がった。

「あはは」拓也だけが笑っている。

「あの、その。すみません」達郎はしどろもどろになった。

急いで立ち上がり、散らかったテーブルを元に直す。手が震えた。

「パパ、どうかしたの？　顔色悪い」

「いや、なんでもない」

頬がひきつった。誰の顔も見ることができない。達郎は背筋が寒くなった。今、自分は、確かに野村のカツラを剝ごうとした。勝手に手が動いたのだ。

野村の目にどう映ったのだろう。義理の息子の奇妙な行動は。

達郎は自分が恐ろしくなった。いつか、本当にやってしまいそうだ。


「すればいいじゃん。ゲップぐらい」

伊良部はそう言うと、「ぐえ」と実際に喉を鳴らし、歯茎を出して笑った。

「独身が気楽なこと言うな。女房の実家っていうのは窮屈なんだぞ」達郎は鼻に皺を寄せ、言い返した。

週末のことは、ゲップについてだけ話した。さすがに野村のカツラの件は告白できない。面白がって言いふらすに決まっている。

「それで、ゲップを堪《こら》えるぐらいで手に震えがくるわけ？」

「そうだよ。悪かったな」達郎は嘘をついた。

「池チャン、大学を出てからおとなしくなっちゃったからなあ」伊良部がコーヒーをすりながら言った。「倉本たちが言ってるの、こっちの耳に入ってきたよ。野村教授の娘と結婚してからは、ますます真面目になったって。昔は宴会部長だったじゃん」

「倉本が言ったのか？」

「みんなだよ。面白くなくなったって。それで無意識に抑圧されてるんじゃない？」

達郎が考え込む。確かに学生時代は大勢で騒ぐのが大好きだった。悪戯《いたずら》もした。大学創設者の銅像に褌《ふんどし》をつけたのは、バンカラを気取っていた若かったころの自分だ。

「もう一回、性格を変えてみたら？　看護婦のお尻を毎朝触るとか」

「馬鹿言うな。セクハラで大問題になっちまうだろう」

「じゃあ、机の引き出しに蛇のおもちゃを入れておくとか」

「ナースセンターから抗議が来るぞ」

「そういうのを一年間続ける。すると周囲もあきらめる。性格っていうのは既得権だからね。あいつならしょうがないかって思われれば勝ちなわけ」

達郎が黙ってコーヒーに口をつける。同意はしないが理解はできた。図々しい人間は、その図々しさを周囲に慣れさせ、どんどん図々しくなっていく。伊良部がまさにそうだった。学生時代、伊良部がオナラをしても「ああ伊良部か」で許された。

「破壊衝動の方はどうなのよ。非常ベルは押してないの？」

「押すか、そんなもの」達郎は顔をしかめた。「もっとも、何かしそうになる兆候はいっぱいあるんだけどな」

「たとえば？」

「鬱病の患者の陰々滅々たる話を聞いているとき、『じゃあいっぺん死ねば』って急に言いたくなって懸命に奥歯を噛み締めるとかな」

「それはぼくでも言わないなあ」

「当たり前だ。言ったら最後だ」

「それ以外は？」

「学生の解剖実習に付き合ったあと、『じゃあこれからホルモン焼きでも食いに行くか』ってからかいたくなるとか……」

「あはは。だんだんわかってきた。池チャン、要するに不謹慎なことをしたくなるわけだ。周囲の顰蹙《ひんしゅく》を買うような」

「ああ、そうだな。言われてみれば……」達郎は軽くため息をついた。「おれ、経費をちょろまかそうとか、薬品を横流ししようとか、そういう欲望はないわけよ。陰湿だし、シャレになんないし。でも、堅物の婦長に膝カックンするみたいなことには胸がざわついちゃうんだよな」

「池チャン、やっぱり童心にかえって羽目をはずさなきゃ。三十も半ばになった今こそ、ガス抜きが必要なんだよ」伊良部がソファにもたれ、短い脚を組む。

「そうかなあ」

「ねえ、子供のころ、やり忘れた悪戯は？」

伊良部に聞かれ、考え込んだ。落書き、スカートめくり、神社の柿泥棒。たいていのことはやった。ああ、神社といえば……。

「伊良部。ばかばかしい話でもいいか」達郎が聞いた。

「もちろん、その方がいいかな」

「あのな、おれ、高校は渋谷の公立に通ってたんだけど、近くに『金王《こんのう》神社』っていうのがあったわけよ」

「うん、知ってる。並木橋の先でしょ」

「そうそう。その並木橋の交差点を過ぎて坂を上がった途中に歩道橋があって、その横っ腹に『金王神社前』と書いてあるわけ。バスでその下を通るたびに、クラスメートたちと、ああ、あの『王』の字に点をつけて『金玉神社前』にしてえなあって……」

「あはは」伊良部が腹を抱えて笑った。「誰もやらなかったの？」

「さすがに躊躇《ちゅうちょ》したよ。ぶら下がるの、危険だし」

「じゃあ、今夜やろうか」マージャンやろうか、と同じ口調で伊良部が言った。「代償行為の一環。面白そうじゃん」

「何言ってるんだ」達郎が呆れ顔で言う。「大学内の悪戯じゃないんだぞ。公共物だぞ。捕まったらどうする」

「大丈夫。捕まらないって」

「何を根拠にそう言うんだ」

「じゃあ捕まるという根拠は？」

「歩道橋に人がぶら下がるんだぞ。誰かが目撃して、警察に通報されるだろう」

「平気、平気。ヘルメットを被っていれば作業員だと思うよ」涼しい顔で言い、手を左右に振っている。「じゃあ、ペンキとかロープとかはうちの病院の備品を用意するから。今夜午後十時に金王神社前で」

「おい、勝手に決めるなよ」

「いいから、いいから」達郎の言葉は無視された。「じゃあ注射タイム。おーい、マユミちゃん」

無愛想な看護婦が出てきて、注射台に腕をくりつけられる。ついミニの白衣に目が行ってしまった。この女、何者だ？

「君、看護師資格はあるんだよね」太腿も露《あらわ》な女にそう聞いたら、怖い目で見下ろされ、乱暴に針を突き立てられた。

「痛ててて」悲鳴を上げる。それにしても、どうして自分は言いなりになっているのか。伊良部といい看護婦といい、この診察室は観覧車だ。乗ったら一周する間、そのペースに合わせるしかない。


あろうことか午後十時に、達郎は金王神社の前にいた。ジーンズにジャンパー、スニーカーという軽装で。ジャンパーが黒というのは、もちろん目立たないためだ。

なんとなく出てきてしまった。自分の意志が希薄で、どこか操られているようなところがあった。妻には元同級生の病院で当直のバイトだと嘘をついた。

しばらくして伊良部がポルシェに乗って現れた。ツナギというか、ジャンプスーツのようなものを着ていた。遊園地の着ぐるみといった風情だ。

「いやあ、なんかわくわくするね」屈託なく笑っている。「ほら」救急隊のヘルメットを放られ、受け取った。

「なあ伊良部。ペンキっていうのはまずい気がするんだ。黒の粘着テープにしないか。おれ、文具屋で買ってきたんだ」

達郎が提案した。テープならすぐに剝がせるし、ダメージを残すこともない。仮に警察沙汰になったとしても、器物損壊は免れられる。

「やだやだ。池チャン、最初から腰が引けてんの」伊良部がヘルメットを被る。サイズに無理があり、巨大なコブのように見えた。「ペンキだから面白いの。すぐには消せないから価値があるわけじゃん」

「価値って、あのなあ……」

「じゃあいくよ。ロープを持って」

工事用の太いロープを手渡される。伊良部が道具一式が入ったトートバッグを提げ、すたすたと歩き出した。この男の行動には迷いがない。

達郎は仕方なくあとに続いた。歩道橋の階段を上がり、真ん中あたりまで進む。周囲に人通りはないが、下の道路は頻繁に車が走っている。欄干から身を乗り出し、生唾《なまつば》を飲んだ。

「おい、落ちたら死ぬな」秋の夜風が髪をはためかせた。

「大丈夫。ぼくがちゃんと引っ張っててあげるから」

「おれがやるわけ？」達郎は顔をゆがめた。

「当たり前じゃん。池チャンの治療なわけだし」

「治療って……」消え入りそうな声で言う。

もっとも、伊良部の体重で歩道橋にぶら下がるのは無理があり過ぎる。迂闊《うかつ》だった。普通に考えれば達郎の役回りだ。

「ほら、腰に巻いて」伊良部に指示され、ロープを腰に巻きつける。準備をしている自分が不思議だった。大人なんだし、断ろうと思えば断れる。しかし一方では、不思議な高ぶりがあった。忘れかけていた、どきどきする感じだ。

「刷毛《はけ》にはあらかじめペンキをつけておこうか」

伊良部がペンキの缶を開け、刷毛を浸け込んだ。粘度の高い塗料らしく、滴《したた》る心配はなさそうだ。用意のよさに達郎は感心した。

自分は伊良部をどこまで知っているのだろう。六年間同じキャンパスで過ごしながら、大して意識することはなかった。変なやつ、周囲もそのひとことで済ませていた。

念のために命綱を別に用意し、手摺りに縛った。

「ちゃんと引っ張っててくれよ」

「任してよ」伊良部の明るい声が返ってきた。

「伊良部、ひとつ聞いていいか」

「うん、何？」

「なんでおまえがこんなことに首を突っ込んだ」

「だって面白いじゃん」

伊良部が鼻の穴を広げる。なんだか頼もしく思えてきた。

よし、やるか——。達郎は腹をくくった。

刷毛を口にくわえ、ロック・クライミングの格好で歩道橋にぶら下がった。壁部分に両足を踏ん張る。ちょうど足元に「王」の字があった。

右手で刷毛を握り、手を伸ばした。下の道路をタクシーが通過していく。何事かと見上げた運転手と目が合った。とくに驚いた様子はない。これだけ堂々とやっていれば疑われないだろうと思った。

どうせなら、ちゃんとした点を描きたくなった。一目で落書きとわかるようなものではなく、「玉」として違和感なく溶け込むような。

慎重にペイントした。脇を締め、刷毛を下ろす。書体に合った丸っこい点を描くことができた。

「伊良部、描けたぞ。引き上げてくれ」

「オッケー」

伊良部が体重をかけてロープを引っ張ると、達郎の体はするすると上がっていった。「よし、下へ回って出来具合を見よう」荷物を持って急いで階段を駆け下りた。

立派に「金玉神社前」になっていた。知らない人が見れば、最初からそういう神社だと思う文字だ。

「イエーッ」達郎が低く声を発する。「やったじゃん」伊良部とハイタッチした。

奇妙な体の軽さを感じた。ずっと背負っていたものを降ろしたような、浮き足立つイメージがあった。自然と顔がほころんだ。

「おれ、毎日遠回りしてここを通ろうかな」達郎が言った。

「なんかあったら報告してよ。この辺は学校が多いから、中高生たちが騒ぐと思うんだけど」伊良部が答える。

子供たちがよろこぶ光景を想像したら笑いがこみ上げてきた。「ははははは」ガスを抜くように軽く笑ってみた。こんなに爽快なことは、いったいいつ以来だろう。

しばらく「金玉神社前」という文字を眺めていた。汗ばんだ肌に夜風が心地よかった。

3

「金玉神社前」は三日の命だった。歩道橋と同色の塗料が上塗りされ、「玉」の点が消されてしまったのだ。ただ、そこだけ新しいので、いかにも消したという痕跡は拭えなかった。

話題になったのだろうか。達郎は、下校途中の中高生を捕まえて聞きたい衝動に駆られた。話題になったに決まっている。子供たちは大喜びし、大人たちは顔をしかめつつ吹き出した。そして噂をし合ったにちがいない。「誰の仕業だ」と。達郎は、おれがやったと言いたくなった。きっと完全犯罪を成し遂げた犯人は、みんな名乗り出たくてしょうがないだろう。

達郎はここ数日気分がよかった。夜もぐっすり眠れ、肩も凝らない。なにより自信が生まれてきた。大胆なことだってできるという自信が。

「ニュースになると面白かったのにね」伊良部は物足りなさそうだった。

「それほどのことでもないだろう。手の込んだ悪戯ってレベルの事件だし」

達郎が茶菓子をほおばり、ベンチシートでくつろぐ。伊良部の診察室には週に三日は通っていた。なにやら学生の下宿に立ち寄るような気安さがあった。

「でも、続けるとニュースになるかもね。ときどき駒場の辺りを車で通るんだけど、『東大前』って歩道橋があってさあ。次はそれに点をつけて『東犬前』にしてみない？」

伊良部が言った。「マジかよ」達郎が苦笑する。

「東京大学だとマスコミも取り上げやすいだろうし」

「そうだけど、金玉とちがって、犬には侮蔑のニュアンスがあるぞ」

「そうかなあ。犬って可愛いじゃん」口をすぼめている。「じゃあ、北区の『王子税務署前』を『玉子税務署前』にするのは？」

「まあ、そっちの方がいいかもな。罪がないし、愛されそうだし」

「あとは品川区の『大井一丁目』を『天井一丁目』にするっていうのもあるんだけど」

達郎は頭の中に文字を思い浮かべ、笑い転げた。「伊良部、おまえがこんなにさえた人間だとは思わなかったぞ」

「いやあ、ここ数日、都内地図を見てはいじれそうな地名を探してんだよね」

「このヒマ人めー」涙まで出てきた。

「とりあえず、王子税務署からいってみようか。二、三日中に」

「うん……そうだな」苦笑いしつつ、うなずいていた。

まさか三十六にもなって、こんなことで盛り上がるとは思わなかった。半分の十八に返った気分だ。なんの責任もなく、将来の不安もないあのころに。

学内や病院では、以前より明るく振舞うようになった。なんとなく肩の力が抜けたのだ。同僚たちに対する不思議な優越感も湧いてきた。脱線するのも悪くないと思った。

達郎はナースステーションで若い看護婦たち相手に冗談を飛ばした。

「ぼくにもコーヒー、いれてチョー・ヨンピル」

数秒、間があったが、みなから笑い声が起きた。

「先生、おやじギャグですか?」

「そういう人だとは思ってませんでした」リアクションもあった。

「どういう人だと思ってた?」

「折り目正しい人だと思ってましたよぉ」その口調はこれまでになく親しげだった。事務的ではない、若い女の素の声だ。誰だってジョークを好むのだと、達郎はうれしくなった。

そうなると、欽ちゃん走りをしてみたくなった。今なら抵抗なくできそうな気がする。

ちょうど廊下を歩いているとき、院内放送で名前を呼ばれたので実行に移してみた。

「神経科の池山先生、池山先生。至急第一内科医局まで……」

「はいはーい」そう明るく返事をして、横向きに走り出した。

すれちがう看護婦がぎょっとして立ち止まる。開き直る気持ちがあり、微笑を投げかけた。

小児科の前では子供たちに手を振った。よろこぶ顔を見たらこっちまでうれしくなった。

またひとつ壁を突き抜けた気がした。自由とは、きっと自分でつかむものなのだ。

ただし、昼間のカーテンは相変わらず開けられなかった。野村の頭が目に飛び込むだけで、脂汗が流れるのだ。

その日、午後の教授会に駆り出された。プロジェクターを使っての説明があり、操作の手伝いを頼まれたのだ。

会議室に行くと、外科の倉本がいた。

「なんだ、おまえも手伝いか」

「おれは書記。映写係と一緒にしてもらっちゃあ……」口の端を持ち上げて言う。

「馬鹿。技師の方が身分が高いのを知らないのか」科がちがうので、気安く冗談が言い合えた。

各科の教授が集まってくる。彼らを見ていると、大学の医学部がいかに政治的であるかが理解できた。教授選で重要なのは論文や研究業績ではない。ゴマスリと地縁血縁、そして先輩教授の研究領域を荒らさない目配りだ。

最後に野村が現れた。達郎の喉がごくりと鳴る。ああそうか。教授会の長は野村で、出席するのは当たり前のことだ。脈が速くなってきた。

「わたしはどこに座ればいいのかな?」いかにも貫禄をつけて言った。

野村は最近、医局のすべての人事に口出しをするようになった。周囲が持ち上げるため、自然とお殿様になってしまうようだ。

「今日はビデオがありますので、じゃあスクリーンの正面に」世話役の教授が案内する。野村が後方にやってきた。達郎が目礼をすると、軽くうなずいた。公私を分けるためか、学内で声をかけられることはほとんどない。

「ああ、ここがいい。特等席だ」野村が選んだ席は、プロジェクター装置を置いたテーブルのすぐ前だった。達郎は焦った。目の前に野村の頭がある。

急に動悸が激しくなった。お茶をいれるふりをして倉本に近づいた。

「おい、おれが記録をとるから、替わってくれないか」

「何言ってんだ。業務命令だろう。勝手に変えるとにらまれるぞ」

にべもなく断られる。会議が始まってしまった。

まずは各委員会の報告があり、教務部長を司会にしての進級問題に移っていく。

達郎は装置のすぐ横で椅子に座って待機していた。テーブルの向こうに野村の後頭部があった。手を伸ばせば届く距離だ。つい見入ってしまう。

あらためて観察すると、野村のカツラは頭部の七割方を覆うものだった。つむじはない。いや、渦巻きはあるのだが、そこに本来あるべき地肌がないのだ。

白髪混じりなのには泣けた。黒髪にするとサイドとのバランスがとれないからだろう。

それにつけても、どうしてこれで堂々としていられるのか。達郎には理解しがたかった。不自然な境界は、小学生が見たってわかる。

医局員時代、野村が関西の関連病院で院長を三年勤めたのち、母校に帰ってきた日のことははっきり覚えている。みなが目のやり場に困った。光っていたはずの頭に、カツラが載っていたのだ。

当初は、学生や若い医局員たちに笑いを提供した。陰では「あのヅラ教授」とみんなが言っていた。けれど、達郎と仁美の婚約が知れると、ぱったりと達郎の耳に入らなくなった。当然といえば当然だが、友人を失った気分にもなった。

今でも、知らないところでは「あのヅラ教授」なのだろうか。輪の外にいるというのは、なにやら心細い。

気がついたら、テーブルに肘をついて眺めていた。目がどんどんと吸い込まれていく。ちゃんと正視するのは、これが初めてだ。

司会が事務長にバトンタッチされ、今度は地方に新設された民間病院の紹介が始まった。麻布学院大学に医師の派遣を求めており、系列に加えるかどうかの会議だ。先方からは資料映像が送られていて、それを見て視察するかどうかを決定する。

「じゃあ、池山君、カーテンを閉めて」

事務長の指示で遮光カーテンを閉め、部屋の電気を消した。テープをデッキにセットし、再生スイッチを押す。正面のスクリーンに映像が映し出された。フレームに誰かの頭の影が映っている。「おっと失礼」野村が言い、身をかがめる。椅子に深くもたれる形となり、野村の頭が、畑のスイカのように、テーブルの縁にひょいと載った。

達郎の喉が鳴る。暗闇の中で、目が一点に釘付けになった。

「なかなか設備は充実しているみたいじゃないですか」

「環境もよさそうですね」

「港が近くて魚が旨《うま》いようです」

「おお、それは大事だな」

教授たちは和やかに会談していたが、達郎の耳には入ってこなかった。野村の頭が小さく揺れていた。居眠りを始めたのだ。

達郎は磁石に吸い寄せられるように身を乗り出した。両手が小刻みに震えた。衝動がこみ上げてきた。カツラを引っ張ってみようか。誰もこちらを見ていない。

案外、簡単に外れてしまうのではないだろうか。糊付けしてあるわけでもなし、きっとピンか何かだ。ツルピカ学部長。部屋の電気がついたとき、教授たちはどんな顔をするのか。

頭が痺れる感覚があった。ぐるぐる回転して目が回る、あの感じだ。気づいたら手を伸ばしていた。両手で、カツラの先をつまんでいた。真上に軽く引く。全体がすっと浮いた。外れると確信した。意思がなくなった。自分を外側から眺めている。

そのとき、不意に誰かの視線を感じた。振り向く。

驚愕の面持ちで倉本が見ていた。目を見開き、ペンを片手に固まっている。

達郎は弾かれたように手を引いた。一瞬にして全身が熱く火照《ほて》った。

倉本はあわてて目をそらすと、青い顔で机に向かった。薄暗い部屋の中なのに、はっきりとわかった。

見られた——。達郎は激しく狼狽した。なんてことだ。目撃されてしまった。誰にも知られたくない闇の部分を、のぞかれてしまった。心臓が早鐘を打つ。呼吸が苦しくなった。今の行動は、言い訳がきかない。

そして倉本の視線がなかったら、自分が野村のカツラを剝いでいたことに気づき、震えがきた。さっきの自分にブレーキはなかった。心神耗弱とは、きっとこのことだ。

達郎は具体的な狂気を感じた。このままでは、自分は本当に野村のカツラを剝いでしまう。それは明日かもしれない。

全身に汗が噴き出た。悪戯の快感など吹き飛んでいた。伊良部の言う代償行為とやらは、役に立たない。


「何よ、顔色悪いじゃん」伊良部は相変わらず呑気だった。

「だから言っただろう。衝動が以前にも増して強まってるんだよ。おまえの言う代償行為って、ほんとに抑制効果があるのか？」

達郎は仕事を終えるなり、伊良部の診察室に駆け込んだ。一人でいると、不安でたまらないのだ。

「あるよ」伊良部が鼻をほじりながら言う。「絶対にあるって。きっと」

「あのなあ」達郎は頭を突き出し、訴えた。「いい加減なこと言うな。おれ、このままだと取り返しのつかないことをやってしまいそうなんだよ」

「殺人とか？」

「馬鹿。飛躍し過ぎだ。そこまでやるか」声を荒らげる。

「じゃあ何よ」

「…………」達郎は言葉に詰まった。やはり野村のカツラの件は、口にしたくない。「とにかく、大学にいられなくなるようなことだ」

「言ってくれないと治療になんないよなあ」伊良部が見透かしたように言った。「隠し事をする患者に治療はできないよ。精神科は二人三脚だから」

黙って聞いていた。確かに、一人で抱えているうちは治らないのだろう。でもいやだ。

「ま、いいか。気長にやれば」伊良部がにっと笑う。「とりあえず今夜は王子税務署に行こう」

「ほんとに？　やだよ、もう」達郎は難色を示した。

「やろうよ。中途半端がいちばんよくないんだから」

「頼むよ。勘弁してくれよ」

「じっとしていたって治らないよ。精神科の基本はトライ・アンド・エラーじゃん」

「まあ、そうだけど……」なんとなく押し切られた。

達郎は自分が情けなくなった。研究者として成果は上げていても、自分のこととなるとお手上げだ。溺れている人間は、自分を救えない。


王子税務署前には午後十一時に着いた。前回と異なり、歩道橋は国道にかかっていた。片側二車線の道路は、車がひっきりなしに走っている。

「おい、やるの？」達郎は不安に駆られた。目立つこと必至なのだ。

「やるよ。ここまで来たんだもん」

伊良部は平然と準備をしている。たいした度胸だ。何かが欠落しているのかもしれないが。

仕方なく達郎も手伝った。流されてるよなあ。心の中でつぶやく。でも依存したい気持ちもあった。誰かの言いなりになりたいのだ。

歩道橋に上がり、ロープを体に巻きつけた。ペンキをつけた刷毛を口にくわえ、欄干に足を乗せる。「信号が変わった。今だよ」伊良部に背中を押されてぶら下がった。

二度目ともなると緊張感はなかった。通行人もいたが、ヘルメットを被って堂々としているせいか、一瞥《いちべつ》をくれるだけだ。

「王子税務署前」を「玉子税務署前」に変える。なかなかの出来栄えだった。

歩道橋を降り、道路から文字を見上げる。「ふん」達郎は苦笑いした。三十六にもなって、自分は何をしているのか。

おかしさはあったが、前回ほどの気持ちの高ぶりはなかった。きっと一回きりの、発散だったのだろう。それはそうだ。自分は大人だ。

「むふふふふ」隣で伊良部が不気味に笑った。鼻の穴を広げている。なにやら興奮している様子だった。

「ついでだから東大前も行こう」伊良部が言った。

「うそだろう?」達郎が眉を寄せる。

「いいじゃん。勢いだよ、勢い」

「おまえ……本当は自分がやりたいだけだろう」

「治療だって、治療」

もちろん信じなかった。エスカレートしているのは、伊良部の方だ――。

「さあ、行くよ、行くよ」

伊良部に背中を押され、ポルシェに乗り込んだ。抗《あらが》う気力がなかったからだ。


翌日の夕刊で、達郎と伊良部のやったことが記事になった。やはり「東犬前」は威力があったらしい。同じ渋谷署管内で「金玉神社前」の前例があっただけに、奇妙な事件として取り上げられたのだ。

《誰のイタズラ？　渋谷区で歩道橋の文字改ざん》

「金玉神社前」の方は、高校生がケータイのカメラで撮っていて、それが提供されていた。ただし記事中に「金玉」の文字はなく、「金王の文字が書き換えられていた」と曖昧な表現になっていた。

どうやら「玉子税務署前」はまだ発覚していないらしい。今も堂々と存在しているのかと思ったら、「ははは」と乾いた笑い声を上げていた。ぎょっとして看護婦たちが振り向く。

「ぼくにコーヒー、いれて紅《くれない》三四郎？」

達郎は、半ばやけ気味にジョークを飛ばした。視界の端で目配せし合っているのがわかったが、どうでもよかった。全部が、面倒くさいのだ。

伊良部も記事を読んだようで、電話がかかってきた。「いやー、愉快だなあ。こうなったら『天丼一丁目』もいくしかないね」子供のようにはしゃいでいる。

「おい、いくらなんでも捕まるぞ。ニュースになったし」

「大丈夫だって。捕まったところでせいぜい罰金。実害なんてないんだし。むしろ娯楽を提供してるんじゃないかなあ、ぼくたち」

どういう理屈だ。犯罪は犯罪だろう。

「じゃあ、今夜ね」勝手に決められた。

引きずられてるよなあ。達郎は吐息をついた。どうして断らないのだろう。自分を壊したい願望があるのだろうか。妻や義父から見放されて、らくになりたいのだろうか。

仕事を終えて帰ろうとすると、倉本に呼び止められた。教授会のことがあったので、少し身構える。

「もうご帰宅か。いいな、神経科は。外科はオペと急患で残業ばかりだぜ」白い歯を見せていた。

「九時五時が神経科の特権よ。ま、我らこそが病院で唯一のホワイトカラーと言えるかな」

「ほざいてろ」肩をどやしつけられる。「ちょっとお茶でもどうだ。話したいことがあるし」

一瞬、硬い表情をした。

少し考え、承諾した。あとをついて隣のキャンパスに入り、学生用のカフェで向かい合った。

「友人だから話すんだけど、実はナースステーションで妙な噂があってな。最近、池山先生は変だって」倉本が声をひそめて言った。

「どういうことよ」

「上の空だったり、急に場違いな冗談を言ったり……。そもそも昼間から研究室のカーテンを閉めているのはどうしてだ」

「うちは一階で中庭に面しているだろう。人が通ると目障りなんだよ」

「廊下を横向きで走るのはどうしてだ」

「ああ、欽ちゃん走りね。若い子たちにウケようと思ってやっただけのことさ」

「欽ちゃん走りって……」倉本が二の句を継げないでいる。「おまえ、ナースの間では奇行ってことになってるからな」

「それはひどいな」達郎は苦笑した。

「とにかく、先輩に聞いたら、神経科っていうのはいちばんストレスが溜まるところで、医師の自己管理が大事らしいから、一度他人の診察を受けてみろよ」

「いや、実は受けてるんだけどな。伊良部のところで」

「伊良部？　気は確かか。ＯＢ会最大の奇人だろう」

「いや、あれで案外癒《いや》しになるんだよ。今度、馬鹿のヒーリング効果について論文でも書こうと思って」

「ふざけるな。そもそも……」倉本が声をひそめ、周囲を見渡した。「この前の教授会の行動は何だ。野村先生がいくら義理の父とはいえ、あれはシャレにならんだろう。それに、おまえが野村先生に遠慮があるのおれだって知ってるぞ」

「そうなのか？」

「食堂でも、先生がいるとUターンするじゃないか。それなのに、頭を……」

「そうそう。野村先生のヅラって、今でも話題になってる?」

「知るか。おれに聞くな。ナースや学生連中ならまだしも、おれらの身分になれば、とっくに禁句だ」倉本がにらんだ。「とにかく、忠告はしたからな。別の医者に診てもらえ」立ち上がり、ゆっくりと去っていく。

達郎はひとつだけ安心した。野村のカツラは、みんなを意識させている。きっと学生たちは、自分の学生時代同様、ギャグにしているはずだ。

4

さすがに「天井一丁目」はインパクトが大きかった。連続する「歩道橋の文字改ざん事件」としてテレビがこぞって取り上げたからだ。「玉子税務署前」も一連の犯行として陽の目をみた。

「可愛くてイイー」という女子高生の街の声があったのには、支持を得たような気になった。取り上げ方も批判の色合いは薄く、「いったい誰が何の目的で?」という興味に絞られていた。

「ねー、池チャン。次はどこにしようか」伊良部が都内地図を広げ、愉快そうに言った。

「なあ伊良部。そろそろやばいんじゃないか。きっと目撃情報だって寄せられてるぞ」

達郎はさすがに心配になった。快感がないわけではないが、不安がそれに勝る。

「平気、平気。捕まってもごめんなさいで済むよ」

「おれは済まないの。大学講師だぞ」

「馘《くび》になったら、うちに来ればいいじゃん」伊良部はいたって呑気だった。「破壊衝動はどうなのよ。緩和されてない？」

「どうだかな」達郎は鼻から息を漏らし、かぶりを振った。研究室のカーテンは閉めたままだ。野村を見かけると、相変わらずカツラを剝ぎ取りたくなってしまう。

「ねえ、本当は何を壊したいわけ？」

「うん？」しばし考え込んだ。言ってみるか、どうせ倉本に見られてしまったし。「……あのな。大学におれの義理の父がいるだろう」

「うん。野村先生。ヅラ教授でしょ？」伊良部がおどけて自分の額をぽんとたたいた。

力が抜けた。なんて直截的《ちょくせつてき》な男なのか。

「おまえなあ、人の親戚のことを――」

「だって事実じゃん」悪びれることなく、口をすぼめている。「で、義理のおやじさんがどうかしたわけ？」

「実は……そのカツラが気になって仕方がなくてな」

「わかった。剝ぎ取りたくなっちゃうんだ」

伊良部がうれしそうに微笑む。達郎は深くうなだれると、観念し、黙ってうなずいた。

「あはは。池チャン、最高。なあんだ、根は昔から変わってないんだ」

「馬鹿。よろこぶな。こっちは毎日冷や汗もんだぞ。野村先生が、昼休みになるといつも中庭で昼寝をしてな。そのたびに、そっと近寄ってカツラを剝ごうとする自分が頭にイメージされて、堪えるのに必死なんだよ」

「ふうん、そうなんだ。やっとわかった。それが原因か」

「おまえ、絶対に言うなよ」達郎は語気強く迫った。「こっちは仕事と家庭と両方がかかってるんだからな」

「原因がわかれば簡単だ。やっちゃえばいいんだから。そうすれば治るよ」伊良部がお構いなく話を進める。

「ふざけるな。こっちの身にもなれ」

「やろうよー。教授のヅラ。面白いじゃん」ソファにもたれ、子供が駄々をこねるように体を揺すった。

「だめだ」

「やっちゃえばきっと破壊衝動はやむよ。だってそれがゴールなわけだから」

「わかってるぞ。おれを焚《た》きつけて、本当はおまえがやりたいんだろう」

「人生、長いよ。今のうちに吐き出すものを吐き出しておかないと」

「そんなもん、理由になるか」達郎は目を吊り上げて言った。「とにかく、誰にも言うなよ」

伊良部が、返事をする代わりに悪戯っぽく目を見開く。腹が立って鼻をつまんでやった。

翌日の昼休み、大学へ伊良部がやってきた。研究室のドアを叩く音に、助手が開けると、白衣姿の伊良部がにんまり微笑んで立っていたのだ。

「おまえ、まさか——」

達郎は言葉を失った。こいつ、本当にやる気なのか。

「懐かしいなー、大学へ来るのなんて何年振りだろう。気持ちが若返っちゃうね」

入るなり窓へと歩き、閉めてあったカーテンを勢いよく開けた。

「おっ、ここの中庭、芝生を敷いたんだ。きれいになったね。ベンチやテーブルもあって、ちょっとした公園じゃん」

中庭では学生や研修医が昼食を食べていた。芝に寝転がっている者もいれば、バドミントンをしているグループもいる。そしてもみの木の下では、籐製の椅子に野村が腰掛け、本を読んでいた。

「なるほど、あそこが特等席か。優雅だね。そりゃあ居眠りもするよね」

「おい、頼むからやめてくれよ。こっちは人生がかかってるんだからな」

達郎は真顔で訴えた。こればかりはシャレにならない。

「大丈夫だよ。居眠りしたときを狙うから」

「気づかれたら最後だろう」

「ふっふっふ」伊良部は不気味に笑うと、ポケットから小瓶を取り出した。「いざとなったらこれだもんね」

クロロフォルムだった。達郎が目をむく。

「そっと脱がせて、中庭にいる学生たちに見せる。大騒ぎにならないうちに戻して立ち去る。これでパーフェクト」

「馬鹿か。何がパーフェクトだ」

「絶対にばれないって。だって誰が学部長に告げ口する？　『先生のカツラを脱がしたやつがいましたよ』なんて。たとえ主任教授だって言えないでしょ？」

反駁《はんばく》の言葉を探しながら、なるほどとも思った。確かに、千人目撃者がいても、本人が眠っていればばれることはない。もちろん噂は流れるだろう。しかし当人の耳には絶対に入らない。言える人間がいないのだ。

「ほら。そうこうしているうちに、野村先生、船を漕ぎ出したよ」と伊良部。

中庭に目をやると、野村が膝に本を置き、コクリコクリと頭を揺らせていた。

「池チャンは撮影係ね」伊良部からデジタルカメラを手渡される。

口が利けないまま、それを受け取った。

「じゃあ、行こうか」伊良部が先に歩く。

「おい、ちょっと、待て」焦りながら、達郎があとに続く。

一部始終を見ていた助手はあんぐりと口を開けていた。

中庭に出ると、伊良部は一直線に野村のところへ向かった。途中から忍び足になり、椅子で昼寝をしている野村の背後に回った。その動きには、まるで迷いがない。

すでに芝生の上では、何事かとこちらを見ている学生もいた。

達郎は十メートルほど離れた場所で、呆然と立ち尽くしていた。どうしていいのか、自分でもわからない。船出する友人を岸壁で見送る、そんな感じなのだ。

伊良部が野村の真うしろに立つ。指揮者のように両手を挙げる。指先でそっとカツラの上をつまんだ。

達郎は戦慄した。この男は壊れている——。周囲のギャラリーも凍りついた。「えっ」という小さなどよめきが起きた。

伊良部がカツラをゆっくりと持ち上げる。側頭部の地毛が一緒に引っ張られた。

「池チャン」伊良部が小声でささやく。「両脇にピンがあるみたい。外してくれない?」

馬鹿。おれを巻き込むな。心の中で叫んだ。

「早く」伊良部が手招きする。周囲の視線が達郎に注がれた。

なんてことだ。完全に仲間だと思われている。

「しょうがないなあ」

達郎が動けないでいると、伊良部は一旦手を離し、ドラえもんに似た指で、蝶の羽をつまむようにピンを外した。パチン。かすかな音がした。

「じゃじゃーん」

伊良部がカツラを持ち上げた。目の前に、野村のハゲ頭が現出した。

中庭にはおよそ百人の学生がいたが、その誰一人として口を利けなかった。まともな反応というべきだろう。誰だって目を疑う。

「池チャン、写真」と伊良部。

達郎の右手が弾かれたように動く。そうだ、自分はカメラを持たされていたのだ。

震える手でカメラを構えた。意志とは無関係にそうしていた。こうなったら早く終わらせよう。悪夢を見たと思って忘れるのだ。

伊良部が、野村の頭のうしろでピースサインをする。野村は素の方がハンサムに見えた。こんな非常事態なのにそう思った。

撮り終えると、すぐ横にいた女子大生と目が合った。「これ、ドッキリですか?」と聞かれ、ひきつった笑みだけを返した。

「池山っ」突然、名前を呼ばれた。振り返ると、顔を真っ赤にした倉本が立っていた。「おまえら、気は確かか」ささやくような叫び声を浴びせられた。

「いや、あのな、おれはちがうんだ」懸命にかぶりを振る。

「ふざけるな。早く元に戻せ。鹹どころじゃ済まないぞ」

「ねえ、倉本チャン。君も記念に一枚どう?」伊良部が言った。

「伊良部。てめえ、池山に何をした」

「何もしてないよ」

野村を起こすとまずいので、全員ささやき声だ。

伊良部がカツラを自分の頭に載せ、おどけた。

「馬鹿。遊ぶんじゃねえ」

倉本が忍び足で駆け寄る。伊良部を捕まえようとした。達郎も続く。何がなんだかわからなくなった。

そのとき、伊良部が白衣の下から白いものを取り出した。よく見ればハリセンだ。

「ねえ、いいこと考えた。これで思い切り頭をはたくから、一斉に逃げない？　きっとパニックで追いかけられないと思うよ」

伊良部の目が輝く。こいつは子供だと思った。子供だから怖いものがないのだ。

「おい。何がいいこと考えただ。ハリセンなんか用意しやがって」達郎が言った。「おまえ、最初からそのつもりだったんだろう」

「平気だって。〝だるまさんが転んだ〟の要領でうしろにダッシュすれば、目で追うこともできないって」

伊良部がハリセンを振り上げた。

「わーっ」倉本がその手をつかむ。カツラが芝生に転がった。「おい、池山。おまえが被せろ。早くしないと身の破滅だぞ。カミさんや子供に悪いと思わないのか」

すうっと血の気が引いた。そうだ、自分には愛する妻子がいる。あわわわ。恥骨の辺りに疼痛が走った。

急いでカツラを拾い上げ、野村の背中に回った。倉本と伊良部は揉み合っている。頭の上でカツラを構えた。指先が震えた。だめだ、うまく載せられそうにない。

背中に伊良部がぶつかった。達郎が前につんのめった。わーっ。心の中で叫ぶ。

背中を押された形になり、野村の頭がカツラにすっぽり収まった。勢いでピンがパチンと留まる。三人で野村を背中から突き飛ばす形となった。椅子ごと前に倒れる。

「うわっ。何だ」野村が転げながら、声を上げた。同時に頭を押さえた。長年培った防衛本能なのだろう。

「すいません。ちょっとふざけてて」達郎が咄嗟《とっさ》に言った。声が裏返り、顔中から汗が噴き出ていた。

野村は状況がつかめない様子だ。ゆっくりと立ち上がる。顔をこわばらせ、「達郎君か。失敬だな」と低い声を発した。

「すいません」顔をひきつらせ、頭を下げた。伊良部と倉本は、この間も芝生の上で揉み合っている。

「あれ、伊良部君？」野村が言った。いきなり声のトーンが上がった。「何をしてるの。こんなところで」

「いやあ、どうも」伊良部が寝転がったまま返事をする。

「あの、先生。ＯＢの伊良部君がプロレスを仕掛けてきて」倉本が苦しい言い訳をした。「すいません。いい大人が」

伊良部と倉本が立ち上がる。二人とも芝にまみれていた。

「伊良部君、お父様は元気？」野村の愛想のよい声が木陰に響いた。「学部長になったので、ご挨拶に伺おうと思いながら、ずっとご無沙汰していて」

「あ、そう。パパに伝えておく」伊良部が草を払いながら、何食わぬ顔で言った。

「今度、医学部で一席設けるのでぜひご出席願いたいと、そう伝えてくれないかな」

「うん、いいよ」にっと微笑み、うなずく。

ふと見ると足元にハリセンが落ちていた。達郎は隙を見て拾い、白衣の下に隠した。

「その際には、大学病院の方も見学していただくということで……」

「そうだね。厚生労働省と文部科学省の担当官を誘うといいかもね」

「お父様のお力で、ぜひそうしていただけるなら……」野村の声がいっそう華やぐ。

しばし立ち話をしたのち、野村の方から頭を下げて去っていった。

達郎と倉本が大きく息を吐く。二人で顔を見合わせ、無言の視線を交わす。

倉本が伊良部の胸倉をつかんだ。「てめえ、おれたちに親の七光りが通用すると思うなよ」

「思ってないよ」伊良部は口をとがらせている。

達郎は周囲を見渡した。学生たちが、宇宙人でも見るかのような目で、遠巻きに眺めている。きっとこの出来事は、麻布学院大学医学部の伝説となるのだろう。野村の耳には一生入ることなく。

次の瞬間、肘から先が震えた。野村のカツラを手にした感触が甦《よみがえ》ったからだ。

腰が砕け、その場にしゃがみこんだ。助かった——。声にならない声を発した。

「おい、伊良部。おまえの遊びには二度と付き合わないからな」達郎が力なく言った。

「うん、もういいかな。充分楽しんだし」伊良部が平然と答える。

倉本が達郎からハリセンを取り上げ、思い切り頭を叩いた。パーンと乾いた音が響く。

「やったなー」伊良部が倉本に飛びかかり、再び揉み合いが始まった。

達郎も加わった。もちろん伊良部を痛めつけるためだ。

倉本が羽交い締めにしたので、達郎は両足を抱え、電気アンマで責めつけた。

「このやろう」

「ひひひひ」伊良部が奇怪な声を発する。

チャイムが鳴るまでバトルを続けた。草まみれになって、夢中で転げた。

汗だくになり、息が切れた。遊びで息が切れたのなんて、二十数年振りだった。

最後は芝生に大の字になり、「あーっ」と意味もなく声を発した。笑いたかったし、泣きたかった。なにやら、そんな気分だったのだ。


その夜、親子三人で夕食を囲んでいると、仁美が、拓也が再来年から通う幼稚園について相談を求めてきた。

「近所でいいんじゃない」達郎はそう答えた。「車で送り迎えなんて面倒だろう」

「まあそうだけど。お母さんが、ちゃんとした私立に入れた方がいいって」

「拓也はうちの子。小学校も地元で充分」

「えー。小学校も?」

「そう。純粋培養はだめだよ。おれは雑草のようにたくましく育って欲しい」

「何よ、力んじゃって」仁美が肩をすくめ、ご飯を口に運ぶ。

「ぐえっ」拓也がゲップをした。

「これ、拓也」と仁美。

「ぐえっ」達郎もわざとゲップをした。拓也がキャッキャとよろこんでいる。

「ちょっとぉ、真似するでしょう」仁美が非難した。

「いいじゃん。マナーぐらい、大人になったら自然と身につけるさ」

「癖になったら困るじゃない」

「おれ、思うんだけどさあ。体裁を取り繕うって人生を生きにくくしない? 開けっ広げの人間の方が絶対にらくなんじゃない?」

「それが拓也のゲップとどういう関係があるのよ」

「たとえばの話。子供のころからかしこまってばかりいたら、羽目を外せない人間になっちゃうぞ」

「でも、マナーはマナー」

そのとき、テレビでカツラのコマーシャルが流れた。すかさず拓也が「ジイジ」と声を発する。

しばしの沈黙。仁美が「ぷっ」と吹き出した。

「あのね。この前、実家でお父さんがつけてるところ、目撃しちゃったみたいなの」

「そう」達郎は笑いを嚙み殺し、肩を揺らした。なんだ、仁美も困ってたのか。

「知らない振りしてやってね」

「ああ」うつむき、ご飯を食べる。

「あ、笑ってる」

「おまえこそ」

拓也か不思議そうに見上げる。達郎は気持ちがすうっと軽くなった。夫婦の距離まで縮まった気がした。

ホットコーナー

1

《バンちゃん右肩痛リタイア、開幕絶望か？》

《サードは任せろ。若大将・鈴木、レギュラー獲りに意欲》

大きな活字の見出しが躍っていた。その横には、しかめっ面をした自分の写真が載っている。わざわざ歪んだ表情のものを選んだにちがいない。ご丁寧に、汗の噴き出しまでペンで描き加えられている。まったくマスコミときたら。人の不幸がそんなにうれしいのか――。

坂東真一《ばんどうしんいち》は深くため息をつくと、スポーツ新聞をくしゃくしゃに丸め、リアシートに放り投げた。

エンジンを始動させ、シフトをDレンジに入れる。アクセルを踏む。メルセデスの最上級車はゆっくりと発進し、多摩川の練習場をあとにした。春の日差しが、ボンネットをまぶしく照らしている。

沖縄でのプロ野球春季キャンプを終え、先週、東京に戻ってきた。今の時期はオープン戦真っ盛りで、一軍は関西に遠征中だ。東京カーディガンズの練習場に通うのは、二軍の若手とスロー調整が許されるベテラン、そして故障者だ。

真一は故障者として扱われていた。右肩が痛いと申告して、一軍から外されたのだ。チームドクターの診察結果は原因不明だった。レントゲンを撮っても異常は見つからず、血液検査をしても炎症反応は出なかった。

当然のことだった。真一は嘘をついている。肩など痛くも痒《かゆ》くもなかった。そうでもしなければ、一軍に帯同するマスコミに嗅ぎつけられてしまう。それに、チームメイトにも知られたくなかった。プロ入り十年目のベテラン三塁手が、一塁へ送球するのが怖いなんて、物笑いの種だ。

発端は、沖縄で行われた大阪ブレイカーズとの練習試合だった。相手チームには、六大学リーグ時代からの仇敵《きゅうてき》・矢崎がいて、真一はこの男が嫌いだった。せこくて、下品で、あけすけで、笑い方ひとつをとっても気に入らなかった。要するに虫が好かないのである。

サードにゴロが転がったとき、その矢崎が大声で野次を飛ばした。

「おい坂東！　鈴木に譲ってやれ！」

真一はかっとなった。鈴木は、カーディガンズにドラフト自由枠で入団したルーキーだ。大学時代は三塁手で、ジャニーズ系の甘いマスクもあってマスコミ人気が沸騰していた。

次の瞬間、一塁へ大暴投していた。

じんわり顔が熱くなる。目を吊り上げ、相手ベンチの矢崎をにらみつけた。

「ドンマイ、ドンマイ。気にするな。指名打者《DH》っていう手だってあるんだ」

矢崎の言葉に、ベンチがどっと笑っている。ますます頭にきた。ゴールデングラブ賞三度受賞のおれ様に向かって——。

次の打者もサードゴロだった。「ほら、行ったぞ！」矢崎の声が耳に飛び込む。黙ってろ——。

真一はダッシュすると打球をすくい上げた。二塁は間に合わないと判断し、一塁に送球する。

今度はワンバウンドだった。しかも大きく右に逸《そ》れ、ボールはカメラマン席に飛び込んだ。

矢崎が腹を抱えて笑っている。

真一は呆然とした。練習試合とはいえ、二度続けての暴投など、リトルリーグ時代ですら経験がなかった。

スタンドからも野次が飛んだ。「おい、バンちゃん。草野球か、これは」

「鈴木クンが見たーい」女性ファンが遠慮のない声をあげる。

すると矢崎も声色を真似、「ぼくたちも鈴木クンが見たーい」と言って周囲を笑わせた。

怒りで唇が震えた。このうえない屈辱だった。

チェンジになるやピッチャーに、「矢崎に回ってきたらぶつけろ」と語気強く迫った。「大学の先輩ですから、勘弁してください」若い先発投手は、困惑顔で逆に頭を下げた。

鈴木はベンチの隅で申し訳なさそうにしている。その横顔は、男の自分が見てもハンサムだった。

その日以来、コントロールがおかしくなった。シートノックの練習で、サードゴロを処理すると、一塁へまともな送球ができないのだ。右へ左へと逸れていく。周囲も異常を感じはじめ、コーチからは「どうした？」と聞かれた。

「なんか、肩に引っ掛かりがあって」そんな嘘をついた。そう言う以外、思いつかなかった。顔色の失せた真一を見て、コーチは別メニューの練習を指示した。入団以来、不動のレギュラーとしてやってきた真一に対して、周囲は気を遣ってくれた。

東京に戻ると、親友で打撃投手の福原だけには相談した。「誰にも言わないでくれ」と念を押して。福原はドラフト同期生で、三年前から裏方に回っていた。

「気にするなよ」福原はやさしかった。「ゴルフのパッティングと同じで、気にしだすと手元が狂うんだよ。だいいち、おまえはオールスター常連の名三塁手じゃないか。坂東真一がナンバーワンさ」

鼻の奥がツンときた。スポーツ選手は一流なほど孤独になる。友の存在がありがたかった。

ところが、室内練習場で試しにノックを打ってもらうと、福原の表情が一変した。一塁ベースに置いたネットに、ただの一球も入らないのだ。「おい、バン。マジかよ」声がかすれていた。

策を練るためビデオに撮った。送球フォームをチェックしたが、去年までと変わったところはどこにもなかった。まったく原因がわからないのだ。

無駄な練習が三日続いたところで、病院行きを勧められた。

「医者に相談するのもひとつの手だと思う。おまえの場合、きっと精神的な問題だ。野球とは無関係の人と会って、胸の中にあるものを吐き出してこいよ」

「べつに悩みなんてねえよ」ややむっとした。夜だってちゃんと眠れる。

「そう言うな。何か策が見つかるかもしれないだろう。あと三週間で開幕だぞ。このままじゃオープン戦にも出られないぞ」

言われて肩を落とした。確かにそうだ。マスコミは話題性のある鈴木に付きっきりだ。まるで真一の二軍落ちを歓迎しているかのように。

渋々、福原の提案に同意したが、チームが契約している病院は避けた。診断結果はすべて球団に報告されてしまう。真一は自分で探すことにした——。

シルバーのメルセデスが街を駆け抜けていく。この車のハンドルを握ると、感慨にふけることがある。誰もが憧れる高級車を、自分はキャッシュで買った。年俸は一億五千万円。高台の邸宅も、元スチュワーデスの美しい妻も、身ひとつで手に入れた。野球がなければ、今頃は名もないサラリーマンだろう。

あと五、六年は一線でいたい。こんなところで立ち往生している場合ではない。

ふと前方に目をやると、大きな看板が見えた。「伊良部総合病院」とある。へえ、こんなところにあったんだ。真一はひとりごちた。病院など、用がなければ気づきもしないものだ。

明日あたり、あそこに行ってみるか——。吐息を漏らす。だめならだめで、元々だ。

地下一階にある神経科のドアをノックするや、中から明るく甲高い声が響いた。場違いな応答に、思わずプレートの文字を確認する。ここでいいんだよな。恐る恐るドアを開ける。

「いらっしゃーい」

中に入ると、でっぷりとした中年の医師が一人がけのソファに胡坐《あぐら》をかき、薄気味悪く笑って手招きしていた。胸の名札には「医学博士・伊良部一郎」と書かれている。

「受付から聞いたけど、坂東さん、プロ野球選手なんだって？ だったらもらってきてくれないかなあ、イチローのサイン」

「はあ？」真一は眉をひそめ、目の前の男をまじまじと見た。首を探すのが困難なほどの二重顎、フケの浮き出たぼさぼさ頭、ドラえもんを思わせる太い指。全体がぬいぐるみのような男だった。

「もらってきてくれたら、注射十本、サービスしちゃうけど」

「ええと……イチローはアメリカだから、ぼくらでも会えないんですけど」

「なんだ。じゃあ、貴乃花でもいいや」

「知りませんよ、相撲取りは」

「そりゃそうだね。ははは」歯茎を剝《む》き出しにして笑ってる。

医師のなれなれしさに真一は困惑した。精神科医というのは、まずは冗談で場を解きほぐすものなのだろうか。

　とりあえずスツールに腰掛け、対面する。

「で、どうしたわけ？」伊良部が、短い脚を無理に組んで言った。

「あのう、先生、その前に……」真一はひとつ咳払いすると、声をひそめて聞いた。「プロ野球は詳しいですか？」

「ううん。知ってるのは、イチローと松井ぐらい」

　安心した。人気商売だけに、外部に漏れるのだけは避けたい。守秘義務は当然としても、興味本位で接せられるのもいやだ。

「でしたら、ぼくのことも知りませんよね」

「うん、知らない。見たこともない」

　そこまでしれっと言われると、腹が立った。しかし気を取り直し、ここ最近の出来事を説明する。送球のコントロールが定まらないこと、過去にこんな経験はなかったこと、早く治さないと開幕が近づいていること。福原には言わなかったことも話した。サードのポジションに立つだけで、不安で息苦しくなるのだ。

「典型的なイップスだね」伊良部がうれしそうに言った。「ゴルフのパッティング・イップスっていうのが有名だけど、元々はピアニストの指が動かなくなることを指して言ったそうだから、どんな職業にもあるわけよ」

　イップスという言葉なら聞いたことがあった。プロ野球解説者の江上卓が、パターがまったく入らなくなる病にかかり、ゴルフから遠のいたのは野球界では知られた話だ。

「つまり、自分の考えていることが体に伝わらなくなり、意に反した動きをしてしまうことなんだよね」

伊良部がトドのように首を伸ばし、ぼりぼりと搔く。鼻の穴は五百円玉が入りそうな大きさだ。

「でもそれって、理由がはっきりしているわけですよね、体が思いどおりに動かないという。ぼくの場合は、ビデオチェックをしてもフォームにはまったく問題がないわけで……」

「じゃあイップスやめ」

「はあ?」

「風邪とか、ひいてない?」

「いえ、ひいてませんけど……」

「いや、ひいてるね。目が少し赤いし。ふっふっふ。おーい。マユミちゃん」

伊良部が声をあげると、カーテンの向こうからミニの白衣を着た若い看護婦が、注射器の載ったトレイを手に現れた。不機嫌そうな顔で、アンプル剤を注入する。

真一は呆気にとられてその様子を見ていた。ええと、ここはどこだ? 自分は、病院の神経科に来たはずなのだが……。

「風邪は万病の元って言ってね、コントロールだって悪くなるわけよ」

左腕を注射台に縛りつけられた。

「ちょちょ、ちょっと」

「いいから、いいから。うちは初回サービスだから、お金なら心配しなくていいの。あはは」

伊良部が高笑いしている。

「いや、そうじゃなくて——」

有無を言わせず注射をされた。「痛ててて」顔をゆがめる。看護婦の白衣の胸元が開いていて、つい谷間に目が行ってしまった。正面では、伊良部が興奮した面持ちで注射針が皮膚に刺さるのを凝視していた。

なんだこれは？　不意に現実感が薄れていく。注射の痛みも忘れていた。

「とりあえず通院しようか。いろいろ検査も必要だし」と伊良部。

「はあ……」思わずうなずいてしまう。

「治るよ、そのうち。まさか反対方向に球が飛んでいくってわけでもないし。せいぜい九十度以内の誤差でしょ」

「あの、九十度以内って……」

「気にしない、気にしない。あははは」再び伊良部が笑う。

真一は懸命に頭の中を整理しようとした。突然スローイング恐怖症になって、神経科の門をたたいて、それで診察を受けて……。大丈夫だ。自分は間違ってない。

「ところで坂東さん、子供の頃から野球、得意だったの」伊良部が言った。

「ええ。そりゃあ、プロ野球選手になったくらいですから」

「ぼく、野球だけはだめだったんだよね」

野球だけ？　伊良部の体型を眺め回す。おまえは相撲以外、全部だめだろう。

「でも、久しぶりに野球のボールに触ってみたいなあ。ねえ坂東さん、今持ってないの？」

「ええと、車のトランクには、ボールとか、グラブとか、用具一式詰まってますけど」

「ほんと？」伊良部が目を輝かせて立ち上がった。「やろう、やろう。キャッチボールやろう」

「いや、その、うちに帰らないと」

「いいじゃん、そんなの。やろうよ、やろうよ」

真一の腕をとり、子供が物をねだるときのように揺すった。

「マユミちゃーん、しばらく休診ね」

「誰も来ませんよ」

看護婦がだるそうに言う。壁際のベンチに寝転がり、雑誌をパラパラとめくっていた。

いったい、自分はどこに迷い込んだのだ？　真一は伊良部に引っ張られるまま、診察室をあとにした。


「へえー。硬球ってまるで石だね」

伊良部がボールを手に、自分の頭をコンコンと叩いている。中がどうなっているのか、実にいい音がした。

病院の中庭で、十メートルほどの間隔を置いて向き合う。「じゃあ、行くよ」先に伊良部が投げた。

はるか上空を飛んでいった。とんでもない暴投だ。

「どこに投げてるんですか」文句を言い、拾いに走る。

「ごめん、ごめん。加減がわからなくてさ」

今度は真一が投げた。相手は素人なので、山なりの球を胸元に放ってやった。

「なんだ。ストライクじゃん」

「キャッチボールなら大丈夫です。問題は、ゴロを処理したあとのスローイングなんですよ。素早く強く投げなきゃなんないでしょう」

「ふうん。そうなんだ」

また伊良部が投げる。今度は地面に叩きつけていた。

「先生。投げる方向をちゃんと見て。それに、この距離で思い切り投げる必要はないでしょう」

「おかしいなあ。肩の調子でも悪いのかなあ」

肩の調子だと。運動神経が鈍いだけだろう。真一が呆れかえる。

その後も、伊良部は暴投をし続けた。真一は右に左に走らされることとなった。おれはプロ野球選手だぞ。何が悲しくて、こんな変な医者とキャッチボールをしなければならないのか――。窓からは入院患者たちが笑って見物している。

「坂東さん。今度はこのへんにゴロを投げてみてよ。それでスローイングしてみるから」伊良部がそう言って、五メートルほど横を指で差した。どうやら打球処理の真似事をしたいらしい。なんて図々しい男なのか。まともな返球さえできない男が——。

逆らうのが面倒なので、緩いゴロを右側に転がしてやった。伊良部がドタドタと走り、キャッチする。すぐさま右手に持ち替え、投げ返す。

ボールはきれいな放物線を描き、真一の胸元に返ってきた。

「できた、できた」伊良部が巨体を揺すってよろこんでいる。

真一は、白衣を着たカバに似た男をじっと見た。まあ、一度くらいまぐれはあるのだろう。

次は左側に転がした。伊良部がステップを踏む。今度は、捕球するとよろけながらスローイングした。

再び真一の胸元に返ってきた。

「なんだ。ぼくって、本当は野球が得意だったんだ。損したなあ。子供の頃、チームに入ればよかったなあ」

嘘だろう？　キャッチボールではノーコンもいいところだったじゃないか。

ゴロ処理の練習を続けた。右に左に、ボールを転がす。伊良部はほとんどの返球をストライクでよこした。ときには、不恰好ながらもジャンピング・スローをやって見せた。そして見事に返ってきた。

「ぼくもプロになれるかなあ」無邪気に笑い、額の汗を拭っている。

あんた歳はいくつだ。でも驚いた。伊良部はあながち運動音痴ではない。

「疲れたから、普通のキャッチボールに戻ろうか」

するとまた暴投が始まった。真一がボールを拾いに走る。

なんなのだ、この男は――。真一がうんざりする。まったく理解できなかった。難しい技ができて、どうしていちばん簡単なことができないのだ。

「先生、ちょっと休みませんか」

いい加減くたびれたので、キャッチボールをやめ、二人で芝生に腰を下ろした。

「あらたまって投げると、どうもコントロールが定まらないんだよね」伊良部がしきりに首を捻っている。

「さっきの調子で投げればいいだけじゃないですか」

「ねえ坂東さん、コントロールってなんなの？」

「そんなこと聞かれても……」虚を衝《つ》く問いかけだった。これまで考えたこともなかった。

「ゴルフやテニスとは根本的にちがうと思うんだよね、手でボールを投げるってことは。正しいフォームなら思い通りのところへ投げられるわけでもないし」

そうなのだ。今、自分が陥っている症状がそれなのだ。

コントロールって、いったい何だ――？

真一は、生まれて初めての疑問にぶつかった気がした。

2

《3の3、ルーキー鈴木全開》

《新・若大将、開幕スタメンへまっしぐら》

まったくマスコミときたら、たかだかオープン戦で、二線級の投手からヒットを打ったぐらいで——。

真一はスポーツ新聞を丸めると、室内練習場のゴミ箱に放り投げた。鈴木は確かにいい選手だが、内角球には腰が引ける甘ちゃんだ。主戦級が出てきたら、軽く捻られるに決まっている。

野球は経験のスポーツだ。ピークが三十歳前後なのは、場数を必要とするせいだ。

その日も、福原を相手に守備練習をした。もちろん、ほかの選手が引き上げてからだ。

「バン、体を休めることも必要なんじゃないか」

福原は休養を勧めたが、ノッカーを要請した。何もしない方が不安だった。体を動かしていれば、何かの拍子できっかけがつかめるかもしれない。

ところがスローイングは、ますます制御を失うばかりだった。ときには一塁ベースから十メートルも横を通過していくのだ。福原がお手上げのポーズをする。

「なあバン。医者はなんて言ってたんだ。受けたんだろ？　カウンセリング」

「イップスとか言ってたけど」

「やっぱりな。おれもそう思う。おまえはスローイング・イップスだよ」

「勝手な病名、つけるな」口をとがらせた。

「いや、おまえが知らないだけで、球界にはたくさんいるんだぜ。去年引退した秋川さんだろ、名古屋の関山さんだろ、アメリカに渡った田内さんだろ、みんな経験者だよ」指を折っている。

「そうなの？」

真一には初耳だった。もっとも自分の病気など、誰も周囲には明かさないものなのだろうが。

「若い頃の話らしいけど、コーチの間では知られた事実だよ。田内さんなんか、内野手で入団したけど、外野にコンバートされたじゃないか。あれはイップスが原因だって噂だぜ」

「なんだよ、おれにも外野に移れって言うのか」

「そんなこと言ってないだろう」福原が顔をしかめる。「とにかくおまえだけじゃないってことさ」

練習を続けた。打球を処理し、スローイングする。さらにコントロールがひどくなった。試しに軽く放ってみたが、それでもだめだった。真一は天を仰ぐ。いい加減、気が滅入った。おれの右腕は、ただの飾りになってしまったのだろうか――。

後片付けをして、福原と一緒に風呂に入った。筋肉の張りを取ろうとジェット噴射の泡に体を当てる。カーディガンズのクラブハウスは、一流ホテル並みの豪華さだ。照明は柔らかな白熱灯で、床には御影石が敷いてある。

「バンはずっと花道を歩いてきたからな」湯をすくって顔を濡らし、福原がぽつりと言った。

「どういうことよ」

「高校大学とスター選手だったじゃないか。甲子園ではサヨナラ・ヒットをかっ飛ばして、六大学ではベストナインに選ばれて……。プロに入っても、一年目でレギュラーの座をつかんで、オールスターの常連で……」

「遊んでて、そうなったわけじゃねえよ」軽く言うのでややむっとした。

「そりゃそうさ。努力の賜物さ。でもおれから見れば、恵まれた野球人生よ。挫折を知らないでここまで来たっていうか……」

「じゃあ、今のイップスとやらはいい経験か」

「からむな。そういうことじゃない。ただ、順調に来た人間っていうのは、見えない部分が多いんだよ。おれなんかずっと二軍暮らしだったろう? イップスなんてそこら中にいたさ。内角を攻められない奴、牽制球が放れない奴、中にはピッチャーに返球できないキャッチャーまでいたんだぞ」

黙って聞いていた。浴槽の縁にもたれ、天井を見る。

「おまえがスローイング・イップスを知らないってわかったとき、おれはしみじみ思ったよ。ああ、坂東真一は別の世界にいたんだなって。下で悪戦苦闘してる連中は視野に入ってなかったんだなって」

「人を冷血動物みたいに――」

「だってそうだろう。言わせてもらえば、最初からできた人間は、自分がどうしてそれができるかを考えないんだ。だから一旦歯車が狂うと、修正に手間取るんだよ」

気分を害したので、福原に向かって手でお湯を飛ばした。しばし沈黙が流れる。

「……でもまあ、バンのことだから、すぐに復活するさ。案外実戦になったら、プレーに無我夢中で、イップスなんて忘れるんじゃないのか」

「そうだといいけど」吐息をついた。本当にそうあって欲しいものだ——。目を閉じる。ふと伊良部の言葉を思い出した。「おい福原。ところで、野球のコントロールってなんだ」

「あ？　何を言い出すんだ」

「いや、急に気になってな。ゴルフなら理屈でわかるんだよ。インパクトの強さと角度でボールの飛ぶ方向が決まるわけだし。テニスだってサッカーだって同様だろう。でも、人間が手でボールを投げるって、かなり特殊なんじゃないのか。だって、当てるんじゃなくて、振って離すんだぜ」

「おい、バン。妙なこと考えるな。物を投げるなんて、人類が狩猟時代からやってきたことだぞ」

「でも、投球フォームは百点なのにノーコンのピッチャーっているだろう。かと思えば、でたらめな投げ方で見事にコーナーに散らすピッチャーがいるじゃないか。あれって、どう理屈がつくんだよ」

「人にはそれぞれ、自分にあったフォームがあるってことさ。頼むよ。そんなこと考えないでくれよ」

福原が眉をひそめている。真一は浴槽に頭を潜らせ、鼻から息を吹いた。

水泡が目の前で躍っている。その行く当てのなさが、なんだか自分の投げるボールのように思えた。


「わーい。またキャッチボールしようね」

練習帰りに病院に寄ると、伊良部は満面に笑みを浮かべ、真一にまとわりついてきた。似合いもしない香水の匂いが鼻をつく。

「なんか、すっかり野球が好きになっちゃってさ」

なんなのだ、この男は。まるで五歳児じゃないか。真一は顔を背《そむ》け、両手で伊良部を押しやった。

「先生。ぼくはカウンセリングを受けたいんですけどね」

「無駄だって。話して治るなら、医者はいらないじゃん」

うん？　伊良部の言葉を頭の中で反芻する。正しいような、根本的に間違ってるような……。

「それより先に注射を打とうか。おーい、マユミちゃん」

「いや、風邪ならひいてません」

「ううん。今日からはビタミン注射。心の乱れはビタミン不足が主な原因だから」

本当かよ。疑いつつも、自分で腕まくりしている。伊良部を前にすると、逆らう気力が失せてくる。

またしても注射を打たれた。看護婦は太ももを丸出しにしていた。

腕を引っ張られ、中庭に出る。伊良部は自分のグラブを用意していた。五万はするプロ仕様だ。

「伊勢丹に届けてもらったんだ」歯茎を出して笑ってる。なんだか力が抜けてきた。

キャッチボールをすると、真一は昨日同様、右へ左へと走らされた。

「先生、真上から振り下ろしてください。そうすれば真っ直ぐ飛びますから」

「こう？」

言ったとおりに伊良部が投げる。それでもあさっての方向に飛んでいった。

「どういう腕をしてるんですか。関節でも捩《ねじ》れてるんじゃないですか」

「おかしいなあ」しきりに首を捻っている。「それよりゴロの練習をしようか。そっちの方が得意だから」

真一がゴロを転がしてやる。するとストライクの返球が胸元にきた。

まったくわからない。どうして無理な体勢から投げると、途端にコントロールがよくなるのか。きっとこの男にバットを持たせれば、ど真ん中のストライクを空振りして、ワンバウンドのクソボールをヒットにするのだろう。

「先生、異常体質なんじゃないですか」

「ぼくの場合、体が動いていた方が、なんか投げやすいんだよね」伊良部が答える。

ほう——。その言葉に、真一ははたと動きを止めた。セオリーの逆ではあるが、やってみる価値はある。長嶋茂雄がまさにそうだった。走りながら一塁に送球していたのだ。

「先生、今度はぼくに転がしてください。ちょっと試してみたいから」

「うん、いいよ」

転がってきたボールをすくい上げ、踏ん張らず、流れるままに投げてみる。

でもだめだった。当たり前か。自分は長嶋でも伊良部でもないらしい。うん？　ということは……長嶋茂雄と伊良部は同類なのか？

休憩を申し出た。自販機でスポーツドリンクを買い求め、芝生に腰を下ろして飲む。

「先生は何を考えて投げてるんですか」真一が聞いた。

「何も」

そうだろうなあ。無心を絵に描いたような男だからなあ。

「昨日の話ですけど、コントロールには法則があるんですかね」真一が聞いた。

「ちゃんとした法則はないような気がするなあ。頭で描いたイメージをトレースできるかどうかでしょ？　コントロールって。霊感に近いんじゃないかなあ」

霊感ね。言われれば、そんな気もしてきた。

「手で球を投げるって、考えてみれば凄いことだよね」伊良部がボールをいじりながら、話を続けた。「肩から指先までいくつもの関節と筋肉があって、それぞれに脳から指令が行くわけでしょ。それも瞬時に」

真一は自分の右腕を見た。なるほど、よくできた人体だ。

「おまけに、速く正確に投げるとなると、全身の筋肉を必要とする。イメージも加わる。メカニズムとしては精密機械より複雑だよね」

てのひらを眺め、指を動かしてみる。ロボットには絶対にできない芸当だ。ほかの動物にも無理だ。人間の手は、生物学の奇跡なのかもしれない。

「だから、ひとつ歯車が狂えば、すべてが異常をきたしちゃうわけだ」

確かにそうだ。今の自分は、どこかの歯車が狂っている……。なにやら不安な気持ちがこみ上げてきた。

「先生、ちょっといいですか」ボールを取り上げ、立ち上がった。駐車スペースの壁に「急患用」の文字がペンキで書かれている。真一は、その「急」の字の真ん中をめがけて球を放った。

三メートルも横に逸れた。

えっ？　一瞬にして血の気が引いた。ちょっと、待ってくれよ――。

ボールを拾いに走り、もう一度試みる。心臓が高鳴っていた。

今度はワンバウンドになった。

嘘だろう？　心の中で叫んだ。球の軌道が、イメージできないのだ。パソコンのメモリーが、突然消えてしまったかのように。

「坂東さん、どうしたの？」伊良部の呑気な声が耳を素通りする。

自分はスローイングだけでなく、キャッチボールすらできなくなってしまった――。

目の前が真っ暗になった。指先の震えが止まらなかった。

《出た プロ入り1号！　鈴木、春本番》

《一二〇メートル弾、鈴木試合決めた》

まったくこの国のマスコミは。どうしてオープン戦の本塁打が「プロ入り1号」なのか。数えるなよ、そんなもの——。

真一は腹の中で毒づくと、スポーツ新聞を丸めた。ゴミ箱の方向を向く。バスケットボールのフリースローのように慎重に投げる。

大きく横に外れた。

一人うなだれる。ますます気持ちが暗くなった。ボールがまともに投げられないなんて、野球選手として致命傷だ。

福原に打ち明けると、表情を曇らせ、「休め。悪いことは言わないから休め」と忠告してきた。

でも練習を続けた。じっとしていることの方がつらいのだ。もちろん、投げる球はすべて暴投だ。

「バン、一度基本に返ってみたらどうだ」

「基本って？」自分の声が弱々しい。

「ワインドアップで投げてみろ。ピッチャーの投球フォームのイロハだ」

一理あるように思えた。中学まではエースだった。コーチから最初に教わったのは、正しい投球フォームだ。真一は深呼吸をすると、両足を揃え、両腕を振りかぶり、左足を上げ、体重を移動してボールを投げた。

福原の構えたグラブにポンと収まる。

「できた！」思わず飛び上がっていた。「福原、できたぞ！」声が震える。情けないことに目に涙が滲んだ。

「泣くなよ、おまえ。よし、じゃあ距離を開けるぞ」

福原の指示で遠投に移った。三十メートル、四十メートル、距離を置いてもストライクが投げられた。パーン。パーン。乾いたグラブの音が室内練習場に響き渡る。

「全力で投げてみろ」

大きく振りかぶり、ライナー性の球を投げた。ボールはきれいに回転し、福原のグラブに吸い込まれた。希望が湧いてきた。案外、一から基本をおさらいすれば、イップスは治るのかもしれない。

そのとき、ネットの向こう側に人影を見つけた。「おいバン。なんだ、肩はもう大丈夫じゃないか」特徴のあるダミ声が耳に飛び込む。監督の根本だった。

「なあんだ、心配して見に来てみれば。おまえ、さては三味線弾いてたな」にやにやと笑っている。

「いや、あのですね……」冷や汗が出た。

「新外国人のミラーの野郎、カミさんの親父が急病だとかで、帰国しちまいやがった。まったくアメリカ人ってえのは、仕事より女房だから始末に負えねえよ」

「でも、その……」舌がもつれる。

「あしたの神宮球場のブレイカーズ戦、三番サードで頼むわ。鈴木も頑張ってるが、まだまだ学生の体力だ。太腿なんかパンパンに張っててな。無理してるんだよ。いざとなればおまえだ。チームを引っ張ってくれ」

根本は、よく出た腹をさすりながら「ガハハ」と笑い、去っていった。

福原と顔を見合わせる。お互いに黙りこくっていた。

念のためにと思い、振りかぶらずに投げてみる。大暴投だった。

へなへなと腰が砕け、その場に寝転がった。

「あーっ」やけくそで大声を発する。その声は天井に跳ね返り、自分の体に降りかかってきた。


翌日は恨めしいばかりの快晴だった。春の陽気に誘われてか、平日にもかかわらず、スタンドは一万人近い観客で埋まっていた。

「よお、完治したんだってな」守備コーチに肩を叩かれる。「あ、いや」顔がひきつった。

「鈴木に手本を示してやってくれ。あいつはまだ手首が硬くってな」

また鈴木か。つい舌打ちした。コーチは人気にあやかろうとしてか、いつも鈴木についている。営業サイドは、二枚目のルーキー入団に大よろこびだ。

試合前の練習はバッティング練習のみ行い、守備練習はパスした。シューズの紐が切れたと嘘をついて、ベンチ裏の通路に逃げ込んだのだ。ベテランなので誰も文句は言わなかった。

通路ではブレイカーズの矢崎と鉢合わせした。「あれ、もう戻ってきたの？」皮肉めかした口調だった。

「おたくの鈴木、色男だなあ。うちの女房までファンになっちまったよ」

「ほお。元タレントの妻を持つと、浮気の心配もしないといけないわけか」

矢崎の顔色が変わる。「ふん」鼻を鳴らすと、目を吊り上げてグラウンドへ向かった。

いよいよ試合開始時刻がきた。胸の中は憂鬱な気持ちでいっぱいだ。雷でも来ねえかなあ、と空を見上げる。ひばりが高らかに鳴いていた。

後攻なので守備位置に散る。内野手のボール回しのときは、振りかぶって投げた。チームメイトはぎょっとしていたが、何も言わなかった。

プレーボールの前にマウンドへ歩み寄る。先発はドラフト同期で、気心の知れたチームメイトだ。

「なあ、頼みがあるんだけど、今日はサードゴロ、打たせないでくれ」

「はあ？」目を丸くする。「またまたァ。バンちゃん」冗談ととったのか白い歯を見せた。

「巨人の槙田さんが完全試合をやったとき、サードの守備機会はゼロだぞ。三塁手が長嶋ジュニアだったからな。そういうのが本当のプロだろう」

「はいはい」笑いを堪《こら》え、うなずいている。

だめか。とぼとぼと守備位置に戻った。

ゲームが始まる。一番バッターが打席に入ると、膝が震えた。来るならライナーかフライにしてくれよ。神に祈る。果たして、結果は三振だった。

安堵すると同時に、どっと汗が噴き出てきた。これで九回までもつわけがないよな。ボロが出るに決まっているのだ。

二番バッターはセンターフライだった。ボールがバットに当たるたびに、真一は胸が締めつけられる。

そして三番バッターは矢崎だった。素振りをしながら、こちらをにらみつけてくる。いやな予感がした。パワー自慢の矢崎は、引っ張り専門の右打者なのだ。

ピッチャーの投げた初球が内角に向かう。真一は「うわっ」と心で叫んでいた。甲高い打球音がこだまする。強烈なゴロがサードベース付近に飛んできた。

考える間もなかった。勝手に体が反応する。横っ飛びでボールをキャッチした。立ち上がる。振り返りざま、一塁手に向かって全力で投げた。

ボールは右方向に流れていった。めまいがした。ああ、やっちまった。自分のエラーで一塁献上だ。みんなにイップスがばれてしまう――。

ところが、そうはならなかった。真一の送球は、走者・矢崎の脇腹を直撃したのだ。一塁ベース手前でうずくまっている。

えっ？　ほんとに？　人工芝の上に呆然と立ち尽くした。選手全員がその場で凍りつく。

「この野郎！」真っ赤な顔で矢崎が立ち上がった。「坂東！　てめえ、わざと狙いやがったな」

ヘルメットを叩きつけると、真一めがけて猪のように突進してきた。スタンドがどよめく。

ええと、どうするべきか――。

咄嗟《とっさ》の判断で、真一はグラブを脱ぎ捨て、ファイティングポーズをとった。

「やかましい。このゲス野郎が！」自然と口をついて出た。なんだか知らないが、こうした方がいいと思ったのだ。

矢崎が体当たりしてくる。それを真正面から受け止め、背中に肘打ちを食らわした。

たちまち両軍入り乱れての大乱闘になる。いくつかのパンチを浴び、真一も殴り返した。グラウンドに転がり、人がのしかかってくる。自分が乱闘の中心になったのは初めてだった。

チームメイトに引っ張られ、下敷きになった人の山から助け出された。次の瞬間、「退場！」という審判の鋭利な声が真一に降り注ぐ。

「先に手を出したのは向こうだろう！」真一は審判に食ってかかった。もちろん本気ではない。

「坂東！　てめえ、覚えてろよ」矢崎が羽交い締めにされている。彼も退場になったらしい。

興奮状態にありながらも、真一は助かったと思った。ばれなくて済んだ。マスコミの非難を浴びたとしても、イップスが知られるよりは、遥かにましだ。

3

《坂東に五試合出場停止処分。オープン戦では前代未聞》

《坂東に制裁金五十万円。デッドボール送球にスタンドも唖然》

どのスポーツ紙も一面だった。サイクルヒットを打ったときですら三面だったのだから、皮肉なものだ。球団サイドは顔をしかめていたが、現場は面白がっている。喧嘩好きの根本からは、「おまえもやるじゃないか」と笑顔で胸をつかれ、矢崎を嫌っている選手からは、握手を求められた。どうやら自分はタカ派と印象づけたらしい。

まあいい。ともあれピンチは脱せられた。出場停止は、猶予期間が与えられたということなのだ。

真一は新聞を丸めると、ロビー隅のゴミ箱に向かって投げた。壁に当たって跳ね返る。

「ちょっと。それは当病院の閲覧用ですよ」年配の看護婦に怖い顔で叱られ、あわてて詫びた。

伊良部は中庭にバッティング練習用のネットを設置していた。野球用具も一式買い揃えてある。どうやらボール遊びにはまってしまったらしい。「坂東さん、今日からは打撃練習ね」歯茎を出して笑っていた。

何を考えていることやら。仕事はいいのか、仕事は。

「先生、ここ二、三日眠れないんですよ。できれば精神安定剤を処方してもらいたいんですがね」

「オッケー。あとで一年分あげる。包帯も古いのが余ってるから持っていっていいよ」

頭が痛くなってきた。頭痛薬も処方してもらおう。

「ねえ、早く早く」伊良部がバットを構える。渋々、トスバッティングに付き合うことにした。

真一がボールをトスする。伊良部がスイングする。

空振りだった。しかも、ボールとバットは三十センチも離れている。

「先生、ボールをよく見て」つっけんどんに言った。

「おかしいなあ。ちゃんと見てるんだけどね」

「上半身がブレ過ぎ。腰から頭にかけて、鉄の棒が通っているイメージでスイングすること」

「ふうん。なるほどね」

でもだめだった。タイミングというものが基本的に合っていない。おまけにひどいアッパースイングだ。

「ちょっと、バットを貸して」面倒くさいが手本を示してやることにした。

伊良部のトスする球を鋭く打つ。フラストレーションが溜まっていたので、続けて打った。

快音が中庭に響く。だんだん気分が乗ってきた。ステップを大きくして、フルスイングする。

新品のネットが大きく揺れた。

「凄い、凄い。さすがはプロだね」伊良部が手を叩いてよろこぶ。汗をかいたら少しはすっきりした。

焦る必要はない。自分にはバッティングもある。九年間で三割三回は伊達じゃない。

「でもさあ、野球ってつくづく特殊なスポーツだよね。丸い球を丸いバットで打つんだもん。テニスや卓球はラケットだし、バレーは手だし。最初にやった人はきっと変人だね」

伊良部が言った。「まあ……そうですね」真一が相槌を打つ。そんなの、考えたことがなかった。

「それに、ボールを見て打てって言うけど、インパクトの瞬間まで見ているわけじゃないんだよね。だって、最後まで見てたら振り遅れちゃうもん」

言葉に詰まる。確かにそうだ。

「要するに、百五十キロで飛んでくるボールを、ある地点で球筋を見極め、あとは勘で打つのがバッティングなんだろうね」

勘？　そうなのか？　それにつけても伊良部は、馬鹿なのか、理論家なのか。

「だからバットの芯に当てるなんてのは、確率からいけば何万分の一とかじゃないのかなあ」

真一の胸の中で灰色の空気がふくらむ。手にしたバットが、やけに奇妙な物体に思えた。いったいこんなもの、誰が発明したのだ。なぜラケットじゃないのか。今度は頭の中に霞《かすみ》がかかったような感覚があった。生唾を飲み込む。不吉な予感がした。

「先生、もう一度トスしてもらえますか」

伊良部の放り上げたボールをめがけ、スイングする。空振りだった。

背中に悪寒が走る。「もう一回」声が震えた。

またしても空振りだった。「もう一回」声が裏返る。

またまた空振りだった。「もう一回！」叫び声になる。

やっぱり空振りだった。

「ぎゃあーっ」真一は悲鳴を上げた。「どうして人を迷路に誘い込むようなことばかり言うんですか！　こっちまで伝染しちゃったじゃないですか！」

「ぼくのせいじゃないよ」伊良部が口をすぼめている。

「明日からどうすればいいんですか！」

「大丈夫だよ。命に別状はないし」

立ちくらみがした。尻餅をつく。バッティングもだめになってしまった。自分はただのでくの棒だ。どうしてこうなってしまったのか。数週間前までは、チームの主力選手だったのに。

真一は仰向けに寝転がると、大の字になった。人の気も知らない春の日差しが、さんさんと降り注いでいる。


「だから休めって言ってるだろう」福原は腰に手を当てると、呆れ顔で真一を諭《さと》した。

「休んで治るなら休むさ。でもな、家でじっとしていると、どんどん野球を忘れそうな気がするんだよ。いいか？　おれの頭の中から、スローイングとバッティングのイメージが消えたんだぞ。放っておいたら、スパイクの履き方まで忘れちまうよ」

「考え過ぎだ。何年野球をやってるんだ。二十年はくだらないだろう。頭は一時的に忘れても、体はちゃんと覚えてるさ。おまえの場合は、頭が先行して体の動きを妨げてるんだ」

「そりゃあそうかもしれないけど……でも練習だ。おれは一からやり直すんだ」

バットを担いでネットに向かう。福原は処置なしといった体《てい》で首をすくめている。

基本に戻り、ティーバッティングから始めることにした。ティーにボールをセットし、バットを振る。

当たった。ほっと胸を撫で下ろす。今自分にできることは、振りかぶっての投球と、止まった球を打つことと……。指で数えて確認する。

「あのなあ、バン」福原が顔をしかめた。

そのとき、室内練習場にどやどやと人が入ってきた。コーチと新人選手たちだった。

「おう、バン。ちょっと場所を貸してくれ。たまにはマスコミのいないところで練習させてやろうと思って。外にいると、四六時中カメラに狙われるから、可哀相でな」

「ああ、どうぞ……」真一はボールを片付け、場所を譲った。

ルーキーの一人、鈴木が遠慮がちに頭を下げる。帽子を取ると、薄茶に染めた長髪がふわりと揺れた。

時代は変わったな、と真一は思う。自分たちがルーキーの頃は、長髪など絶対に許されなかった。ましてや、先輩より練習が優先されるなどありえなかった。球団が甘やかすようになったのだ。

若い独身選手は、それだけで女性ファンがつく。営業サイドは、実力よりも集客力をよろこぶところがある。

真一はネット際のベンチに腰掛け、缶入りスポーツドリンクを喉に流し込んだ。新人の守備練習を見物する。鈴木はサードの位置でノックを受けていた。すぐ目の前だ。

基本はできていたが、グラブさばきが固かった。スローイングもスムーズではない。要するにこなれていないのだ。捕球から送球まで一連のモーションが、川の流れのようでなくてはならない。

もっとも自分も一年目はそうだった。当時の監督がミスには目をつぶってくれたおかげで、レギュラーになることができたのだ。

打球に回転がかかり、イレギュラーバウンドした。鈴木のグラブをかすめ、顔面を直撃する。真一ははっとした。目に当たったように見えた。鈴木は顔を押さえ、その場に倒れた。

「おい、大丈夫か！」コーチがあわてて駆け寄る。「おい、氷とタオルを持って来い！」大声を上げた。

ルーキーの一人が走る。ほかの選手は鈴木の周りに集まった。

真一も思わず立ち上がった。伸びをして様子をうかがう。目だと致命傷だ。とくに動体視力は矯正のしようがなく、選手生命さえ左右しかねない。

そう思った瞬間、体に不思議な感覚があった。胸の中の霞が薄まった気がしたのだ。

ふと足元を見ると、ボールが転がっていた。拾い上げる。ホームベースにキャッチャーがいたので、何の気なしに投げ返した。

白球がきれいな軌道を描く。ストライクの返球だった。

えっ？　真一は口を開いたまま、その場に立ち尽くした。妙な空白を味わう。

今、自分は振りかぶらずに投げた。フォームを意識することなく、無造作に。それでいて、暴投にならなかったのだ。体全体が熱を帯びる。

急いで周囲を見回し福原を探した。ネットの裏で用具の後片付けをしていた。真一が駆け出す。福原をつかまえ、キャッチボールの相手を頼んだ。

「なんだよ、急に」迷惑そうに眉を寄せる。

「今、何かをつかんだ気がしたんだ。頼むよ、忘れないうちに」

真一の興奮した様子に気圧《けお》されたのか、福原がグラブをはめた。狭い通路でキャッチボールをした。

振りかぶらなくてもストライクが投げられた。思ったところへボールが行くのだ。横手投げでスナップスローも試みた。ストライクだった。心がみるみる晴れていく。「できた、できた」真一は小躍りしていた。

福原が相好をくずす。「なんだ、突然の復活かよ。ゲンキンなやつめ」

今なら、ノックを受けてもスローイングができそうな気がした。いや、必ずできるだろう。頭の中にイメージがあるのだ。

そのとき、笑い声が練習場に響いた。コーチの高笑いだ。

「おい鈴木。脅かすなよ。目なんか押さえるから、てっきりそこに当たったのかと思っただろう」

振り向くと、鈴木が頭を下げていた。取り囲んだ選手たちも白い歯を見せている。

「たんこぶができたのなら大丈夫だ。どれ、唾でもつけておいてやろう」

「あ、いえ、それは結構です」鈴木が逃げ回り、人の輪がどっと沸く。

なんだ、たんこぶができただけか。人騒がせな。吐息が漏れた。……でも、よかった。話題のルーキーが出だしで躓《つまず》いたら、野球界全体の損失だ。

ボールを投げた。大暴投だった。

「おい、またかよ」福原が拾いに走る。頭の中にはイメージのかけらもなかった。一瞬にしての逆戻りだった。

真一は首をうなだれた。血の気がゆっくりと降りていく。

心の隅にある焦燥感を、これまで見ないようにしてきた。意識するのさえ、プライドが許さなかった。でも、もう逃げられない。認めないわけにはいかない。

鈴木が入団したときから、もやもやがあったのだ。監督と握手するニュース映像を見て、女子アナたちがシナを作って近づく光景を見て、小さな苛立ちを覚えてきた。マスコミは「イケメン」のルーキーに群がった。おれの積み上げてきたものを無視するのかと腹が立った。

自分は嫉妬していた。もっと言うならば、怖かったのだ。


「ねえねえ、これ見て。いいでしょう」

診察室で伊良部が野球用のユニフォームを広げて見せた。胸には「DOCTORS」の文字が縫いつけてある。どういう冗談なのか、袖には「LV」のマークがあった。

「うちの病院、草野球チームがあってね、入れてもらったの。ぼくだけ特注のユニフォームなんだけどね」

「ああそうですか、それはよかったですね」真一が気のない返事をする。

「用具一式、病院の経費で寄付する代わりに、三番サードで試合に出ることになったんだ」

「ほう、いいチームに入りましたね」

皮肉を言うのだが、通じないらしくよろこんでいる。

「なによ、坂東さん。元気ないじゃん」

「あるわけないでしょう」つい唾《つばき》を飛ばしてしまった。「こっちはイップスで失意のどん底ですよ」

「気にしないことだよ」

「気になります」目を剝いて言った。

「そんなこと言ってると、歩けなくなっちゃうよ」

「……どういうことですか？」

「前にいたんだよね。歩き方を忘れた患者が。右足を出すと、右手が一緒に出ちゃうわけ。ロボットみたいな歩みで帰っていったよ」

真一が想像する。ゴクリと喉が鳴った。いや、いかん。今の自分は、思っただけでそうなってしまうのだ。

「坂東さん、歩いてみてよ。ちゃんと歩ける？」

「どうしてそういうことを言うんですか」顎を突き出し抗議する。でも、念のため試してみることにした。安心したいのだ。

立ち上がり、足元を見る。たいていは先に右足を出すから……。一歩踏み出すと、同時に右手が出てしまった。

「わあーっ」叫び声をあげた。自分はロボット歩きをしている。

「あはははは」伊良部が腹を抱えて笑った。「だから言ったじゃん。気にしちゃいけないって」

「どうしてくれるんですかっ」顔が真っ赤になった。

「おーいマユミちゃん、いちばん太い注射、持ってきて」

看護婦が、動物用かと思えるようなホットドッグ大の注射器を持って現れた。針など釘並みだ。

冗談じゃねえぞっ。真一は走って逃げた。

「なんだ。歩くどころか走れるじゃん」

はたと我に返る。自分は、ドアまで一直線に駆けたのだ。へなへなと力が抜ける。

「先生、いいかげんにしてください」怒りがこみ上げてきた。

「イップスは、マイナス方向に対して暗示にかかりやすいからね。あはは」

「あはは、じゃないでしょう。患者をおもちゃにして。こっちはカウンセリングを受けようと思ってやってきたのに」

「なによ、坂東さん。話したいことでもあるの？」

「あったけど、もういいです。よその病院に行きます」

「いやーん。そんなこと言わないでよ」伊良部が急に甘えた声を出した。気味悪く真一の袖を引っ張る。「せっかく友だちになれたのにィ」

「誰が友だちですかっ」手を振り払った。

「じゃあ、古くなった内視鏡をあげるから。盗撮にうってつけ」

「いりません」

「レントゲンの装置は？」

「いりませんっ」

虚脱感に襲われる。てのひらで顔をこすった。伊良部は変人どころの騒ぎではない。常識の枠外で生きている人間なのだ。

いや、もしかすると人間かどうかも怪しい。総合病院の地下室に棲みついた子供の妖怪。迷い込んだ患者を相手に遊んでいる――。

顔を上げる。伊良部と目が合う。歯茎を出してにっと笑った。

「ねえ、聞かせてよ」

「いや、実はですね……」勝手に口が動いていた。


「なあんだ。ちゃんと原因があるわけだ」伊良部が手を頭のうしろに組み、ソファにもたれかかる。「大変なんだね、プロ野球選手も」

真一は正直にルーキーへの対抗意識を告白した。相手が実力以外の面で人気を集めていることとの腹立たしさ、ベテランを差し置いて球団をあげて売り出そうとしていることへの不満、すべてを話した。たぶん相手が伊良部だからだろう。普通の医師だったら、自分はもっと格好をつけていた。己の弱さを吐露することはなかった。伊良部には、秘密を知られても気にならないのだ。

「でも、原因がわかったのならあとは簡単だね。その原因を取り除けばいいわけだから」

「取り除く？」真一が身を乗り出した。「何か策があるんですか？」

「そのルーキーに怪我をしてもらうとかね」

「……どうやってですか」

「そりゃあ闇討ちでしょう。上野公園で外国人を雇えば三十万ほどでやってくれるよ」

伊良部を見る。冗談を言っているというふうではなかった。

「べつに再起不能にしなくたって、一年休んでもらえればいいわけでしょ。マスコミなんかすぐに飽きるだろうし。つまり、出鼻をくじいてやれば、あとは勝手に消えてくれるよ」

「あのですね……」

「弱肉強食の世界って、人のいい奴が負けるんだよね」

「それにしたって、闇討ちなんてできるわけないでしょう」

「毒を盛るっていうのは？」

「できませんっ」

「じゃあ、しょうがない。このまま行くしかないね」

真一は黙った。無茶苦茶な話である。だいいち犯罪だ。発覚すれば大スキャンダルだ。

けれど心に引っかかるものはあった。要するに、自分が願っているのは、そういうことなのだ。

「ま、悩んでいても始まらないし、練習でもしようか」

「またですか？」

「いいじゃん、やろうよ。特訓、特訓」

中庭で伊良部のバッティング練習に付き合う。伊良部に上達の兆しはまったくなかった。大半が空振りで、何度言ってもアッパースイングは直らない。

それなのに、楽しそうだった。目がきらきらと輝いているのだ。

4

《藤原紀子もメロメロ？　ルーキー鈴木に熱視線》

《鈴木とツーショット、紀子は年下好き？》

試合がない日はこれか。たかが芸能人が練習を見に来たくらいで。それもヤラセの話題作りじゃないか——。

真一は深くため息をつくと、スポーツ新聞をたたみ、ベンチの横に置いた。

開幕に向けて、チームは東京に腰を落ち着けた。あとは数試合、関東近郊でオープン戦をこなすだけだ。カーディガンズの練習場には、一軍二軍全員が集合していた。

真一はその輪に加わっていない。今度は手首が痛いと嘘をついたのだ。手首なら、守備も打撃も練習を逃れられる。伊良部に頼むと、いとも簡単に「腱鞘炎」の診断書を書いてくれた。それをコーチに見せたら、さして心配していない様子で、「そうか、大事にな」と言っただけだった。

監督の根本は渋い顔をしていた。「おれが放任主義だからって、甘えるな。自己管理もできねえ奴は使わないぞ」

もっともだ。返す言葉もない。この状況は、ベテランといえども肩身が狭かった。何もしないわけにはいかないので、福原と二人で外野を走った。

「おい、バン。いっそカミングアウトしたらどうだ。案外、いいアドバイスが得られるかもしれないぞ」

「冗談じゃねえ。みんなに知られるくらいなら、このまま引退した方がましだ」

事実、そう思っていた。ここのところ真一はすっかり弱気だ。通帳の残高を眺めては、レストランでも開こうかと空想する毎日だ。

その夜は選手会主催の食事会があった。開幕を前にして、互いの親睦を深めようという毎年の恒例行事だ。「行きたくない」と言ったが選手会長に諭された。

「内野手のまとめ役だろう。おまえがいなくてどうする」

渋々参加した。都内の中華レストランで丸いテーブルにつく。正面に鈴木がいた。

鈴木は真一の顔をちゃんと見ようとしない。遠慮があるのだろう。マスコミが自分ばかり追いかけることを、彼なりに気にしているのかもしれない。

考えてみれば、鈴木本人にはひとつの落ち度もなかった。ルックスがいいのは生まれつきで、長髪も二十二歳の若者なら当然だ。存在が疎《うと》ましいなんて、こちらのエゴもいいところだ。

鈴木は黙々と料理を食べていた。小さな顔、きれいに通った鼻筋、凜々《りり》しい眉、二枚目の条件を見事に兼ね備えている。球団が売り物にしようとするのは当然だろう。

ましてや、アマチュアではなくプロだ。試合といえども興行で、客が入ってナンボだ。人気も実力のうちである。

真一はますます弱気になった。やはり潮時なのか。イップスは神の配剤なのか。

「おい、新人。遠慮しないで飲め」

真一が鈴木に紹興酒を勧めた。意識していることを悟られたくないので、無理にでも余裕を見せようと思った。

鈴木が恐縮しながらグラスを差し出し、喉に流し込む。なかなかの飲みっぷりだった。

「おっ、頼もしい新人だなあ」ほかからも声が上がる。

「大学で鍛えられましたから」ぼそりと言った。

「じゃんじゃん行け。明日は休養日だ」

「でも、門限が……」

「平気、平気。寮長にはおれが話しておいてやる」

「じゃあ、遠慮なく」

また一息で飲む。「おお、これはコップがいるな」真一がウエイターに持ってこさせた。

「で、鈴木はバレンタインのチョコレートはいくつもらったんだ?」

「ええと、三百個ぐらいです」申し訳なさそうに言う。

「この野郎。こっちは銀座のホステスからの義理チョコだけだぞ」

「すいません」

「鈴木、コレはいるのか?」若手の一人が小指を立てて聞いた。

「ええ、一応……」頭を掻いている。

「よし、マスコミにリークだ。『フライデー』に撮らせてファンを少し減らそう」

みんなで笑う。鈴木も緊張が解けた様子だった。

ろくに口を利いたことはなかったが、きっといい奴なのだろう。大学時代はキャプテンを務めていたという。人望がなければ指名されたりはしない。

鈴木は勧められるままに飲んだ。顔色がまったく変わらないのに驚いた。

二次会は銀座のクラブに繰り出した。鈴木もついてきた。話題のルーキーが来たとあって、ホステスたちは色めき立ち、賑やかな座となった。

鈴木はウイスキーもいける口だった。ロックでぐいぐいと飲んでいる。その後、数軒のクラブをはしごした。ホステスがよろこぶので、真一たちも得意な気分になれた。

そうして気がつくと午前二時を過ぎていて、路上で解散することとなった。タクシーを捕まえ、若手から順に乗せてやる。鈴木の姿が見えない。

「あれ、鈴木は？」

「小便でもしてんじゃねえのか」

気にもせず、各自が去って行く。最後は真一一人になり、タクシーを捕まえようとしたときだった。

「ナメてんのか、この野郎！」背後から鋭い怒声が響いた。鈴木の声だ。何事かと振り返る。鈴木はすぐ先の路地で、見るからにやくざ風の二人の男と向かい合っていた。

「肩が触れたぐらいで、顔貸せだと。おまえらヤンキーか。ひっく」鈴木が足元をふらつかせながら、食ってかかっている。

なんだこいつ、とんだ大トラじゃないか。鈴木は酒癖が悪かったのか――。真一は焦った。プロ野球選手が路上で喧嘩をしたとなれば、間違いなく新聞沙汰だ。

「なんじゃこのガキは。わしらを誰やと思とるんじゃ」男たちがすごむ。

「おい、こいつ見たことあるで。カーディガンズの鈴木やろ」

まずい。向こうは鈴木を知っている。やくざなら、怪我をしたと言って金を要求してくるのは目に見えている。止めに入らなければ――。

なのに足が動かなかった。怖いのではない。黒い気持ちが湧いたのだ。

喧嘩になれば、一ヶ月の謹慎はくだらないだろう。当分試合には出られない。なにより世間のバッシングを受ける。「イケメン」ルーキーは地に堕ちるのだ。

これは闇討ち以上の効果がある。しかも、勝手に転んでくれるのだ。あとは、自分がこの場を立ち去るだけだ――。

喉が鳴る。生唾を飲み込もうとしたが、口の中はからからに乾いていた。

伊良部が言っていた。弱肉強食の世界って、人のいい奴が負けるんだよね、と。まったくそのとおりだ。

真一の耳元で悪魔がささやく。見なかったことにしろ。それでおまえの地位は安泰だ。イップスだって治るだろうよ――。

「あれ、坂東さんじゃない」肩を叩かれた。

「うわーっ」驚いて飛び上がった。見ると、伊良部が両手にホステスを抱いて立っていた。

「偶然だね。ぼくは製薬会社の接待だったの。いつも大量に処方してやってるからね」

心臓が高鳴る。汗が噴き出た。なんてタイミングで現れるのか。こいつは絶対に妖怪だ。きっとどこかで見ていたのだ。

「これから帰るの？　だったら一緒に帰ろうよ。同じ方角だし」

頭がぐるぐると回った。体が揺れた。伊良部が、自分をこの場から連れ去ろうとしている。

この企みの、背中を押そうとしている。

「センセ。また来てねえ」ホステスが甘えた声で伊良部の頰を指で押した。

「じゃあ、今度は出入りの葬儀屋に接待させるからね。ぐふふ」目の前でじゃれている。

ホステスがタクシーを止め、伊良部と二人で押し込まれた。発進する。

「そうそう、明日ドクターズの試合があるんだけど、坂東さん、見に来ない」

「いいですけど……」上の空で返事した。

「うれしいなー。代打でなら出してあげるね」

「はあ、そうですか……」

いいのか、これで——。真一は自問した。自分は、右も左もわからない新人を置き去りにしようとしている。それも腹黒い理由で。おれはこんな男だったのか？　恥ずかしくないのか？

いや、すべては鈴木の自業自得だ。救ってやる必要はない。これもプロの世界のうちなのだ。そして、伊良部の登場こそが神の配剤だ。神様が妖怪・伊良部をよこしたのだ。

「明日の試合、楽しみだなあ。都民病院の連中とやるんだけど、負けた方が一月、急患を引き受けることになってるの」

真一は目を閉じた。酔いも手伝って、いっそう体が揺れた。

「絶対に勝つんだもんね。いざとなったら相手にクロロフォルムを振りかけてやる」

目を開けた。かぶりを振る。やっぱりできない。自分はスポーツマンだ。正々堂々とやってきた。卑怯者にはなりたくない。

「運転手さん、降ります。止めてくださいっ」真一は身を乗り出して言った。

「なによ、坂東さん。どうしたの」

訝《いぶか》る伊良部を置いて、タクシーから飛び降りた。人気《ひとけ》のなくなった通りを全力で走る。間に合ってくれよ。心の中で叫んでいた。心臓が喉元までせり上がった。

角を曲がる。別れた地点にたどり着いた。息を切らせながら、周囲を見回す。

「だから、やってやるって言ってるじゃねえかよ」

鈴木のわめき声が聞こえた。声の方向を見る。路地裏でまだにらみ合っていた。よかった。まだ喧嘩にはなっていない。

「ちょっと、待った」真一が駆け寄り、間に割って入った。「すいませんねえ、うちの若い者が、失礼をして。酔っ払いなんで、大目に見てやってください」

「なんじゃいてめえは」やくざが気色ばむ。体格のいい男が二人になり、ややひるんだ感もあった。

「よおし、これで二対二だ。はじめようぜ」と鈴木。完全に目が据わっている。

「馬鹿か、おまえは」さすがに腹が立ったので、鈴木の頭を叩いた。

「あっ、こいつ、坂東や」やくざの一人が声をあげた。「カーディガンズの坂東や」

「そうなんですよ。今度、内野の招待席をあげますから、勘弁してもらえないですかね」

「やかましい、誰がそんなもんいるかい」やくざが一歩前に出る。「てめえ、この前はよくもうちの矢崎にボールをぶつけてくれよったな」

「うちの矢崎?」

「わしらは大阪ブレイカーズのファンじゃい」二人が顔を赤くした。

「ああ、いや、あれはね……」

「おまえは許さん。矢崎に代わって仕返ししたる」

いきなりパンチが飛んだ。よける間もなく、真一の顔面に炸裂した。

「この野郎っ」鈴木が飛びかかろうとする。真一はあわてて押さえつけた。「離してください。おれが敵《かたき》を討ちます」

「いいからやめろ。落ち着け」懸命に止める。

なんてこったい。怒りより先に、情けなさがこみ上げた。どうしておれはこんなことをしているのか。

「おい、坂東。若い者《もん》の躾《しつけ》ぐらいちゃんとせえや」

「ブレイカーズ戦でホームラン打ったら、家に火ぃ点《つ》けたるで」

やくざが上着の襟を直し、去っていく。鈴木と二人でその場に尻餅をついた。腰が砕けたのだ。

とりあえず難は逃れた――。安堵の気持ちが湧き起こった。

「やい鈴木、休み明けは千本ノックだからな」平手で頬をはたく。反応がなかった。鈴木は壁にもたれ、目を閉じていた。口は半開きだ。「おい、馬鹿。こんなところで寝るな」揺すってもつねっても起きない。もはや怒る気力もなかった。

真一は両足を前に投げ出し、大きくため息をついた。無邪気な寝顔を見る。なるほど、プロ向きだ。経験をつめば、いい選手になることだろう。

立ち上がり、鈴木を担いだ。夜道を歩く。このまま放っておくわけにはいかないからだ。

「ヘッキシ」くしゃみをした。ティッシュで洟《はな》をかむ。丸めてゴミ箱に放ると、軽すぎて届かなかった。

ベンチでごろりと横になる。端では、マユミという看護婦がだるそうにたばこを吹かしていた。ユニフォームを着ているから、応援ではなくチームの一員なのだろう。

「伊良部先生、頼みますよ。ゆっくり投げても間に合うでしょう」

マウンドではピッチャーが情けない声を出していた。伊良部が正面のゴロを捕球し、一塁へまた暴投したのだ。敵にはサードが穴だとわかってしまったらしい。

「やい、都民病院のヤブ医者ども。もっと難しいゴロを打て」伊良部がわけのわからない文句を言う。

平和な休日だった。青空の下、川べりのグラウンドでみなが草野球をしている。腹の出た中年男がいた。へっぴり腰の若者がいた。女子も混ざっている。

今度は外野がエラーした。平凡なフライを、グラブの土手に当てて落としたのだ。つい吹き出してしまう。空ではひばりも笑っていた。いいね、楽しそうで。真一がひとりごちる。新鮮な思いで、眺めていた。

こういうベースボールがあることを、真一はすっかり忘れていた。小学四年生で少年野球団に入り、あとはずっと勝つための野球をやっていた。練習は歯を食いしばってやるもので、チームメイトは全員ライバルだった。

引退したら草野球チームに入ろう。勝っても負けても、笑顔が絶えないチームに。

もっともそれは、ずっと先の話だ。少なくともあと五年は、プロとしてやりたい。イップスとは正面から向き合えばいい。伊良部の言うとおり、命に別状はないのだ。

昨夜は引き返してよかったと、心から思った。鈴木をあのまま置き去りにしたら、一生己を嫌っただろう。自分はフェアだった。卑怯者にならずに済んだ。

鈴木と知り合えたのもよかった。酔いつぶれたルーキーは、ただの二十二歳の青年だった。柔らかな頬は、世間知らずのそれだった。久し振りに大人の余裕を覚えた。自分が勝手に構えていただけなのだ。

ベンチの横で、誰かの子供がボールで遊んでいた。五歳ぐらいだ。ボールをコンクリートの壁に当て、一人でピッチャーの真似事をしている。

「ぼく。おじさんがキャッチャーをやってあげようか」真一が言った。子供が照れた表情でうなずく。

五メートルほど離れて、しゃがみこんだ。「投げていいよ」

ひどいノーコンだった。幼児だから、当たり前なのだが。

再び伊良部の言葉を思い出した。コントロールってなんだろう。人はいつ、それを身につけるようになるのだろう。

たぶん、明確な解答などない。人間だけの、不思議な学習能力なのだ。

一球、山なりのストライクが来た。「おっ、凄いな」褒めてやる。子供が目を輝かせた。

「今の感じで投げてごらん」

続けてストライクが来た。一メートルほどうしろに下がる。それでもストライクが来た。

乳児が初めて立ち上がる瞬間を見た気がした。この子の成長の一ページに、自分は立ち会ったのだ。

「坂東さん、何してるのよ」チェンジで戻ってきた伊良部が言った。「もう、守備は疲れた。ぼくはＤＨで打つだけにするから、坂東さん、サードは頼んだね」ベンチに腰を下ろし、肩を叩いている。

真一は呆れた。なんて我儘な奴だ。

「無理ですよ。こっちはスローイング・イップスでしょう」

「ちゃんとキャッチボールしてるじゃん。治ったんじゃないの」

「子供相手に、ワンバウンドで返球してるだけですよ」

「そっちの方が難しいじゃん。相手が捕れるように、同じ場所に同じ角度でワンバウンドさせるわけだから」

返事に詰まった。言われてみれば、確かに……。まったくの無意識だった。子供なので、保護者のつもりでいた。無心だったのだ。心が見る見る晴れていく。吸い込む空気を心地よく感じた。

「よーし。いっちょうホームランを打ってやるか」伊良部が鼻の穴を広げて打席に向かう。

自分は治ったのだろうか。呪縛は解けたのだろうか。

治った気がする。これまで心に巣食っていた不安感が、今はどこにも見当たらないのだ。イメージもある。自分が投げて、打って、走っている様が――。

相手ベンチから笑い声が起きた。伊良部が、真ん中の絶好球を、二球続けて空振りしたのだ。しかも大振りで尻餅をついている。

真一が大声で野次った。「ヘイ、ピッチャー。このバッターは牽制球でも振るよ。高目のつり球でオーケー、オーケー」

相手ベンチがいっそう沸いた。笑い転げている。「あれ、カーディガンズの坂東選手じゃないのか」そんな声も聞こえた。そうさ、そうさ、おれ様がゴールデングラブ賞常連の坂東真一よ。ホットコーナーと言われる三塁を、九年間守り続けた名手だぜ。真一は心の中で啖呵《たんか》を切った。

「どっちの味方だー」打席では伊良部が憤慨している。

ピッチャーが、人を馬鹿にしたような山なりのスローボールを投げた。頭の高さほどのクソボールだ。

伊良部がそれに飛びつき、バットを振った。

次の瞬間、青空に快音が響いた。

白球は、見事な弧を描き、フェンスの向こうの川へと消えていく。

全員、口を開けて眺めていた。

女流作家

1

「今度の主人公も、また難病なんですね」

電話の向こうで、編集者の荒井が無理に明るい声を発した。また、という言い方が癇《かん》に障《さわ》ったので、星山愛子《ほしやまあいこ》は「じゃあ交通事故にしましょうか」と、慇懃《いんぎん》に、けれど突き放すように言った。

「いえ、悪いっていうんじゃないんです」機嫌を損ねたのがわかったらしく、荒井が焦っている。「ただ、白血病、骨肉腫と続いたものですから……」

「いいじゃない。今回の膠原《こうげん》病と併せて〝病床の恋〟三部作ってことにすれば」

「はあ、そうですね。すいません、そういう発想がなかったものですから」

「しっかりしてよね。わたしたちなんて、そっちの売り方次第なんだから」

感情を押し殺し、電話を切った。なんだ、気に入らないなら突き返してみろ。原稿を欲しがる出版社ならいくらでもある。ろくな部数も刷らないくせに。

腹の中で毒づいたら胃のあたりが熱くなり、小さく吐き気を催した。愛子は顔をゆがめる。まったく、無神経な編集者め。

キッチンへと行き、冷蔵庫のミネラルウォーターを大量に流し込んだ。ここのところ水分ばかり摂《と》っている。おくびが断続的にこみ上げてきて、喉が渇いて仕方がないのだ。

書斎に戻ってパソコンに向かった。締め切りの近づいた短編小説を書く。シリーズ物なので、ストーリーに詰まることはない。都会に生きる男女の心の機微を描かせたら当代一だと、女性誌で褒められたことがある。今回は「別れ」がテーマだ。ニューヨークに赴任中の商社マンと、東京在住のキュレーターが、メールの小さな誤解から気持ちが離れていくという話だ。

書くのは速い方だ。愛子は二十八歳で作家デビューし、今年で八年目を迎える。その間、三十冊以上の小説やエッセイを著してきた。書店や図書館の棚にはちゃんと「耳」だってある。もっとも、古くからの友人でフリー編集者の中島さくらに言わせると、「あんたの本ってスカスカじゃん」なのだが。

ふん。そんなの、本も出せない人間のひがみだ。こっちはベストセラーだって出してきた。テレビドラマや映画になったこともある。れっきとした流行作家なのだ。

カタカタとパソコンのキーを操作する。ディスプレイを見つめていると、ものの数秒で物語の世界に入っていくことができた。子供のころから空想癖があったので、小説家は天職かもしれない。雑誌のコラムライターから、とくに苦労もなく転身できた。下積みなんてなかった。

生まれついての才能があったのだ。

一時間ほど書いて、ヒロインの日常を描写しているところで、はたと手が止まった。

キュレーター？　どこかで書いたような……。ざわざわと胸が騒いだ。

受話器を手に取り、さくらに電話をかけた。お互い独身で、さくらはレトロなアパートに猫と暮らしている。

「中島さん。夜中に悪いんだけど、わたしの過去の作品に、キュレーターのヒロインって出てきたっけ」

「またァ？」さくらは迷惑そうな声を上げた。遠慮がないから、話しやすいのだが。「この前は確かアロマテラピストだったたよね。過去の短編に出したことあるんじゃないかって。悪いけど、わたしあなたの小説、ほとんど読んでないから」

「でも斜め読みぐらいはしてるでしょ。ちゃんと本、贈ってるし」

「ぱらぱらめくる程度。別にあなたの本に限ったことじゃないのよ。わたし、今の小説にほとんど関心がないの」

「薄情だなあ、もう」愛子が頬をふくらませる。さくらは昔から現代小説を読まなかった。だから嫉妬というわけではなさそうだ。

「また登場人物の職業で頭がこんがらがったわけだ」さくらが鼻で笑って言った。「だから言ったでしょう。牛乳屋のせがれとガソリンスタンド勤務の女の子で書いたらって。こういう組み合わせなら忘れないから」

「あのね、一応わたしは都会派作家で売ってるの」

「都会にだって牛乳屋さんはいるでしょう」

「屁理屈言わないでよ。こっちには看板があるんだから。あ、そうだ。ちなみに、商社マンが恋人っていうのはやってるかな」

言いながら、やってるな、と愛子は思った。こんなにおいしい職業をとっておくわけがない。五回は登場させているはずだ。

「知らないわよ、そんなもの。あなたの小説は、銀行員とか広告マンとかデザイナーとかモデルとか、そういうのばっかじゃない」

「なんだ、読んでるんじゃない」

「おしゃれな恋愛ものでしょ？　読まなくてもわかるの」

さすがに気分を害した。自分を尊敬しないのは、さくらぐらいだ。

「中島さん、最近は何の仕事やってるの？」愛子は厭味で聞いた。どうせ安くてマイナーな仕事に決まっている。

「日本映画のムック。若手監督たちのインタビューが取れたの」

ほら、売れなさそうな企画だ。「なんならわたしも書いてあげようか。試写会で少しは観てるし」

「ううん。平気。ちゃんと評論家に頼むから」

かちんときた。どうしてこの女は著名な友人相手に自信満々でいられるのか。

電話を切り、大きく息をついた。まあいい。勝ち組は自分だ。それより仕事を――。目を閉じ、記憶をたどる。キュレーターは特殊な職業だけに、二度登場させるわけにはいかない。登場させてないだろう。記憶にないし……。

再び書き始めた。カタカタとキーをたたく。ヒロインが仕事帰りに麻布のビストロに一人で寄り、顔なじみのシェフに仕事の悩みを打ち明ける――。

いや、書いた気がする。顔を上げ、壁の本棚に目をやった。そこには自分の著書が並んでいる。大半が淡色系の背表紙だ。あの中のどこかに……。愛子の中で不安な気持ちがふくらんだ。

愛子は立ち上がると本棚の前に行き、自分の著作を調べ始めた。書いたとするなら最近だ。キュレーターという仕事を知ったのが最近だからだ。

本をぱらぱらとめくる。ヌードカメラマンと堅物の女編集者、売れないジャズミュージシャンと霞が関の女官僚、若き天才シェフとわがままな女優……。売れない画家が出てきたときは「もしや」と肝を冷やしたが、相手はスチュワーデスだった。

そうやって新しい順に五冊ほどをチェックした。キュレーターは出てこない。大丈夫そうだ。気のせいだと判断し、愛子は仕事に戻った。

スタンバイになったパソコンのスイッチを入れ直し、書いたところを読み返す。

また立ち上がった。もっと以前に「学芸員」という名称で登場させたかもしれない、そんな疑念が湧いたのだ。

本を手に取り、愛子は「しまったな」と舌打ちした。先月も、夜中に同じ不安に駆られ、全著作をチェックしたばかりなのだ。あのとき、リストを作成しておけばよかった。

本棚の前にしゃがみこんで、著作を遡った。目次を見ればたいてい主人公の男女を思い出すのだが、念には念を入れた。三角関係のライバルとして使った可能性だってある。

喉が渇いたので、ペットボトルをそばに置き、飲みながらチェックした。実業団ラグビー部のキャプテンと広報課のＯＬ、傲慢な音楽プロデューサーと物静かなスタイリスト、正義感あふれる新聞記者と美貌の議員秘書……。今度はメモを取った。案の定、エリート商社マンは三回ほど使っていた。でもニューヨーク赴任中は初めてなので、よしとすることにした。

一冊だけ、黒っぽい装丁の分厚い本があり、それは開かなかった。恋愛小説じゃないからだ。一時間かけて、全著作を調べた。キュレーターはなかった。胸をなでおろす。よかった。気のせいだった。ただ、リストを眺めていたら気持ちが悪くなった。悪いものでも食べたような、そんな胃のむかつきだ。いやな予感がした。

水を流し込み、腹に力を込めた。五十枚を来週までに書かなくてはならない。まだ時間に余裕はあるが、その後のスケジュールがあるので先送りしたくない。

机に向かい、原稿の続きを書いた。なにやら落ち着かない。見落としはなかっただろうか。

愛子は立ち上がった。また本棚の前に行く。急《せ》くような感覚があり、猛スピードで著作のページをめくった。いったい何をしているのか。変だと自分でわかっている。

そのとき、喉元に酸っぱい何かがこみ上げ、愛子は急いでトイレに駆け込んだ。

軽く嘔吐する。うそォ、また来たの。心の中でつぶやいていた。二年振りの心因性嘔吐症だ。

続いて激しい吐き気が襲ってきて、愛子は胃の中のものをすべてもどした。頭に血が昇り、涙がにじみ出た。また逆戻りか、あの苦しかった日々に。居間に行き、ソファで横になった。部屋はしんと静まり返っている。助けを求めたくても、ここには自分しかいない。めまいを堪《こら》えながら、愛子は己の孤独をかみ締めていた。

仕方がないので病院の神経科に行くことにした。以前もそうして、気長に治したのだ。精神安定剤を服用すれば、なんとか持ちこたえられる。

この二年のうちに引っ越し、住む場所が変わったので、新しい病院を探す必要があった。タウンページを広げると、隣駅に伊良部総合病院があった。そういえば電車に乗っていて看板を見たことがある。神経科もあるようだ。

受付で予備問診を受け、地下に降りると、すえたような臭いの廊下の先に神経科の診察室があった。ノックする。「いらっしゃーい」素っ頓狂な声が中から響いた。ドアを開けて入ると、よく太った中年の医師が満面の笑みを浮かべて手招きしていた。

あーあ、ただでさえ作家は出会いが少ないのに。愛子は心の中で不平をたれる。イケメンの独身医師とのロマンス、という期待はもろくも崩れた。

白衣の名札を見ると「医学博士・伊良部一郎」とあった。この病院の跡取り息子だろうか。そうだとしても興味はない。地位も名誉も、こっちの方が上だ。

「牛山さん、このカッコ星山って何なの？」伊良部がカルテの名前欄を指して、子供のような声で言った。

「ペンネームです。星山愛子。小説はあまりお読みにならないんですか？」

愛子は冷ややかな目で言い、微笑んだ。どのみち中年の男など読者対象外だ。

「漫画なら今でも読むんだけどなあ」ぼさぼさの頭を掻き、口をすぼめている。「おーい、マユミちゃん。星山愛子って知ってる？」呼び捨てにされた。

カーテンの向こうから、若い看護婦が現れる。ミニの白衣なのでぎょっとした。おまけにくわえたばこだ。

「さあ、知りませんけど」看護婦がだるそうに口を開く。愛子は信じられなかった。〝恋愛のカリスマ〟と呼ばれるこのわたしを、若い女が知らない？

「小説はお読みにならなくても、女性誌のエッセイでなら名前や写真を見たことがあるんじゃないかしら」言いながら、頬が小さくひきつった。

「『ロッキンオン』とかなら読んでますけど」

看護婦は注射台を運んでくると、目の前にセットし、愛子の腕を台にくくりつけた。続いて注射器にアンプル剤を注入している。愛子は呆気にとられて見ていた。「これって……わたしに打つ注射ですか？」

「いいの、いいの。心因性の嘔吐症でしょ。特効薬があるのよ、これが。ぐふふ」

伊良部が気味悪く笑い、身を乗り出した。有無を言わさず看護婦に注射を打たれる。くわえたばこのまま。

「痛たたた」思わず声をあげる。伊良部は興奮した面持ちで、針が皮膚を通る瞬間を凝視していた。

こいつ、本当に医者？　愛子は口が利けないでいた。

「牛山さんさあ、作家ってどうすりゃあなれるわけ？」伊良部がなれなれしく言った。

「星山と呼んでいただけますか。そっちの方が慣れてるので」むっとして愛子が答える。作家になった目的の半分はペンネームが欲しかったからだ。子供のころ、太っていたせいで、男子から「ウシ、ウシ」と散々いじめられた。

「精神科医なんかやってるとネタがいくらでもあってさあ、ぼくも書いてみたいと思ってたんだけどね。変わった患者のこと」

変わってるのはおまえだろう。声に出しそうになるのをなんとか堪える。

「新人賞に応募なさったらいかがですか」ひょいと顎を突き出して言うと、伊良部は「それより出版社を紹介してよ。手っ取り早いし」と、図々しいことを言い出した。

愛子はうんざりした。小説は読まないくせに書きたがる人間がたくさんいる。伊良部がその典型だ。

「それより診察をしていただきたいんですけど」

「ああ、嘔吐症ね。要するにむかつくことがあると、ほんとに吐いちゃうわけだから、むかつく原因をはっきりさせればいいわけよ」

「むかつく原因、ですか」

「そう。原因究明とその除去。精神医学の基本だよね」

なんだ、まともなことも言うんじゃないか。愛子は気を取り直した。

「それが仕事なら仕事を辞める。近所付き合いなら引っ越す。対人関係なら消えてもらう」伊良部が事もなげに言った。「一服盛るなら薬の銘柄ぐらい教えてあげるよ。えへへ」歯茎を出してにっと微笑む。

あのなあ。愛子は脱力した。それができないから人は悩むのだろう。

「たぶん、創作上のストレスだろうとは思うんですけどね」

「あ、そう。大変だね。毎回毎回、ストーリーをひねり出すんだもんね。締め切りもあるし。たまには絵でも描いて、『今月はこれっ』で済ませてみたら？」

「ああ、それはらくでいいですね。子供みたいにクレヨンの殴り書きで」愛子が膝をぽんとたたく。

「そうそう」伊良部が歯茎を出してうなずいている。

「帰ります」愛子は真顔に戻り、立ち上がった。こんな馬鹿の相手をしていられるほど暇じゃない。

「そんなあ、もうちょっといてよォ。三日振りの患者なんだから」伊良部が甘えた声を出し、愛子の腕を引っ張った。

「触らないのっ」振りほどき、子供を叱るように見下ろす。なんなのだ、この男は。こっちが小児科の医者にでもなった気分だ。

「小説って、どうやって書けばいいわけ？」と伊良部。

「思ったことを、正直に。ただし客観的に」つい答えてしまう。

「筋はどうやって練ればいいわけ？」

「それより描写。大事なのは人間を描くこと」

「ふうん。だったらぼくにも書けるかな」一人がけのソファにもたれ、鼻をほじっている。なんだか抵抗する気も失せた。目の前の丸っこい男は、まるで五歳児だ。

「星山さん、しばらく通院してね。いろいろ聞きたいし」

「わたし、忙しいんですけど。明日はエッセイの締め切りだし」

「じゃあ明後日」

愛子は鼻から息を漏らした。まあいいか。変わり者は小説のネタだ。このカバ医師も、いつか登場させればいい。

「あ、そうだ――」愛子は肝心なことを思い出した。嘔吐症だけじゃない。小説を書いていると、以前書いたネタじゃないかと不安でしかたがなくなるのだ。これも相談しようと思っていた。

「うん、何？」

「ええと……。いえ、なんでもないです」

でもやめた。説明が面倒だし、初対面の相手にそこまでさらけ出したくないし。それに、解決法があるとは思えない。

精神安定剤を処方してもらい、病院をあとにした。

伊良部が「またねー」と手を振るので、つい自分も手を振ってしまった。

まったく調子が狂う。こんな人間、初めてだ。


家に帰ると、コーヒーをいれ、書斎でくつろいだ。椅子に深くもたれ、左右に回転させる。

ふと本棚に目がいった。真ん中の棚に自著が並んでいて、その中に、一冊だけ分厚い本がある。

これだよなあ、わたしの憂鬱の元は。愛子がひとりごちる。千枚を超える大作で、タイトルは『あした』。愛子の自信作だ。嘔吐症の原因はわかっている。この本が売れてくれなかったことが、今になってもこたえているのだ。

作家生活五年目に、これを書いた。家族の崩壊と再生を描いた人間ドラマだ。資料を読み漁り、丹念な取材をし、全力を傾けて書き下ろした。ライトな恋愛小説から脱皮したかった。魂の震えるような物語を書いてみたかった。手応えはあった。上梓するなり各紙誌で取り上げられ、そのほとんどが絶賛といってよかった。口の悪いさくらですら、「これって傑作じゃん!」と興奮気味に電話をかけてきた。愛子は達成感に打ち震えた。これで自分は変わると思った。

しかし、売れなかった。以前からの読者には見事にそっぽを向かれ、重版がかかることはなかった。だから二箇所あった誤植も、直らずじまいだ。玄人筋に好まれてもセールスにはつながらないと、過酷な現実を思い知った。

愛子は打ちひしがれた。あまりのショックに半年間、何も手につかなかった。

今でも、手に取るのがつらい。愛子の心の棘《とげ》だ。

また胃がむかむかした。胃液が喉元までこみ上げてくる。

くそお。トイレに駆け込んだ。飲んだばかりのコーヒーを吐いた。

2

締め切り間際だというのに、女性誌のインタビューを受けた。姿をさらすのをいやがる作家もいるようだが、愛子は積極的に受けた。素直に、出たいからだ。

原宿の行きつけのヘアサロンに行き、髪をセットした。一度編集部にヘアメイクを要求したら、「素顔でいいですよ」とあっさり言われた。冗談じゃない。ミステリー作家じゃあるまいし。洋服もこの日のために買った。買い物は、数少ない楽しみのひとつだ。

インタビューには文芸部の担当編集者もついてきた。

「星山さん。来月締めの短編、ひとつよろしくお願いします」

田中という若い男の編集者が頭を下げる。愛子の担当は各社とも若い男たちだ。その方が機嫌をとりやすいと踏んだのだろう。デビューして八年目にもなると、担当は全員代替わりしている。遠慮があるのか、作品の内容に口出しされることはほとんどない。議論を交わしていたころが懐かしい。みんな、言いなりだ。

インタビューは恋のかけひきについてだった。何度も取材を受けているうちに、オーソリティーのような扱いを受けるようになった。メディアは出たもの勝ちなのだ。

「気のない素振りはだめ。だって、これを読んでるあなたにそれだけの魅力ある？　そんな自信ある？　横からさらわれるだけよ」

愛子が熱弁をふるう。照れることはもうなくなった。演じることに慣れたのだ。一時間程度のこんなおしゃべりで、五万円も振り込まれるのだから、ＯＬが知ったらさぞかし嫉妬するだろう。

写真撮影は右四十五度を指定した。自分がいちばん好きな角度だ。ただしカメラ機材はお粗末だった。顔のアップを撮るのにレフ板すら持ってきていない。田中に文句を言った。

「すいません。白い画用紙かなにかあったらぼくが持ってますが」

「あるわけないでしょう。うちは画材屋？」

田中は神妙な顔でワイシャツを脱ぐと、それをレフ板代わりにした。その素直な姿勢に免じて許してやることにした。

「ところで、次回はどういうものになりますか？　予告を打ちたいので」と田中。

「妻子ある商社マンに惹かれていく、スチュワーデス純子。じゅんは純粋の純」

口からでまかせを言う。でもこのとおりの話を書く自信があった。

「わかりました」田中がメモを取っている。

「待って――」愛子は不意に声を発していた。「これって、去年書いてなかったっけ？」

「いいえ、お書きになってませんが……」

「ううん、書いた気がする」胸がざわざわと騒いだ。「田中君、担当になって何年だっけ」

「二年です」

「じゃあ、その前かもしれない」

「うちで出した作品なら全部読んでますけど」

「じゃあ、よそだ。田中君、よそのは読んでる？」

「あ、いえ、全部は……」田中が頰をひきつらせる。

愛子は冷たい目で編集者を見据えた。こんなものだ、あとから来た担当なんて。

「もう帰っていいよ。こっちは仕事だから」

つっけんどんに言い、書斎に入った。一昨日作ったリストを取り出し、調べる。だめだ。職業しか書いてない。不倫ものはいくつも書いてきた。同じ設定があったかもしれない。

そう思うと、じっとしていられなかった。来月の仕事なのに、これをクリアしなければ次に進めない気がした。

本棚の前に腰を下ろし、著作をチェックした。また胃がむかついた。

どうして？　愛子は自問した。自分が書いた作品を、忘れるなんてことがあるのだろうか。たかだか八年のキャリアで。それとも、記憶の回路がどうかしてしまったのだろうか。

愛子は活字を眼で追いながら、こみ上げてくる焦燥感と戦っていた。

「よかったー。来てくれたー」

伊良部が両手を広げ、今にも抱きついてきそうなので、愛子は思わず後退《あとずさ》りした。香水の臭いが鼻を衝《つ》く。こいつ、カバの分際で。

二度と来るかと思っていたのに、なんとなく足が向いてしまった。問題を一人で抱えるのが心細かったのだ。

「あれからぼくも小説を書いたの。出版社を紹介してもらおうと思ってたんだ」

うそでしょう？　愛子が眉をひそめる。まだ二日しか経ってないのに。

「何枚のを書いたんですか？」

「三十枚ぐらいかな。すぐに書けちゃった」

伊良部が満足そうな顔で原稿を差し出した。つい、受け取ってしまう。

手書きの原稿だった。ミミズののたくったような字だ。しかもところどころに奇怪なイラストまで描いてある。

「挿絵つき。マユミちゃんに描いてもらったんだ」

「はあ……」そのマユミを見ると、ベンチに寝転がって雑誌を読んでいた。

頭が痛くなってきた。エッセイのネタにしたとしても、誰にも信じてもらえそうにない。

「で、いつ本になるのかなあ」伊良部が鼻をほじって言う。

「無理に決まってるでしょう。たった三十枚で」さすがに腹が立った。

「あと何枚書けばいいわけ？」

「そういう問題じゃなくて、これがどこかの編集者に認められて、それで初めて次があるわけでしょう」声もとげとげしくなった。小説をなめるにもほどがある。

「じゃあ、早く編集者に読んでもらってよ」

愛子は気を鎮めようと深呼吸した。とんだ馬鹿とかかわったものだ。

「楽しみだなあ」伊良部が、こちらの顔色などお構いなく、遠い目をしている。

怒るだけ、無駄か。抵抗するのが面倒なので、預かることにした。荒井か田中に押し付けよう。直接返事をさせればいい。自分の頼みなら絶対に断れない。

「ところで先生、今日は別の相談があって来たんですけどね」

「うん、何?」

愛子はここ最近の記憶の混乱を説明した。小説を書こうとすると、過去に書いたことがあるネタなのではないかと不安でたまらなくなるんです、と。何度確認しても、その不安が消えないことも。

「ああ、それは記憶の問題じゃなくて、強迫症だよね」伊良部が呑気に言った。

「強迫症?」

「そう、鍵をかけたのに、かけ忘れたんじゃないかと外出先で不安になるとか。よくある話。変わったのになると、自分は誰かにお金を借りてるんじゃないかって、毎日周囲に聞いて回る人もいるくらいだから」

「そうなんですか?」

愛子は暗い気持ちになった。嘔吐症のうえに強迫症だなんて。いったい自分はどうしてしまったのだろう。

「しばらく休んだら？　見たところお金持ちみたいだし。一年か二年、遊んで暮らすのもいいんじゃないの」

「気安く言わないでください。すぐに忘れ去られる世界なんですから」

口をとがらせて抗弁した。実際、そうだ。戦列を離れた人間など、誰も待っていてはくれない。この業界は椅子取りゲームなのだ。

「空いたページはぼくが埋めてあげるけどね」

「あのね……」愛子は声のトーンを下げた。「言っておきますけど、原稿の件、甘い期待は抱かないでくださいね。小説誌の新人賞だって、毎回千通は応募があるんですから」

「大丈夫だって。ぼく、自信あるもん」伊良部が節をつけて言う。

なんて能天気な人間なのか。脳味噌に皺は入っているのか。

「いいよね、作家って。憧れの印税生活」

「それはごく一握りの人たち。大半は原稿料で生活してるし、平均年収は大手出版社社員のはるか下」

「そうなの？」意外そうに目をむいた。

「そうですよ。地味なもんですよ」

「なんだ、じゃあやめた」伊良部が短い脚を前に投げ出す。

「ま、ベストセラーを出せば億万長者ですけど」

「やっぱりやる」脚を引っ込める。

相手をするのも馬鹿馬鹿しくなった。本当に作家になれるとでも思っているのだろうか。

「先生。脱線しないで、強迫症の治療も考えてください」

「そうだなあ」首をぽりぽりと掻いている。「嘔吐症と根っこは一緒だから、要するに別のものを吐き出せばいいんじゃないの」

「別のもの？」

「本来、吐き出すべき感情を溜めるから、胃の中のものが代わりに出ちゃうわけ。強迫症もその延長。ベランダで夜空に向かって、人の悪口でも怒鳴りまくったら？」

「あのねえ、警察に通報されるでしょう。わたし一応、名のある人間ですからね」

ただ、一理あると思った。最近は愚痴をこぼす相手もいない。昔の担当は、みな人事異動で他部署へ行ってしまった。同業者の知り合いはいるが、弱みは見せたくない。ふつうの友だちが、いなくなってしまったのだ。

その日も注射を打たれた。マユミという看護婦が仏頂面で針を突き立てた。

「マユミさん。わたしのこと、ほかの看護婦さんたちに聞いてみた？　知ってたでしょ？」

愛子が言った。人気作家に恐れ入らないのが気に食わないからだ。

「聞いてませんけどぉ」なにそれ、という顔で見下ろされた。

むっとした。なんだ、この女。ちょっとばかり美人だと思って。

「じゃあ今度、サイン本を何冊かあげるね。みんなで分けて」

「はあ、どっちでもいいですけどぉ」

そういうときは、お世辞でもいいから「ありがとうございます」って言うものだろう。

頭に血が昇り、胃にも火がついた。まったくここの二人ときたら、人を尊敬するということを知らないのか。愛子は吐き気を堪《こら》えながら診察室をあとにした。


伊良部の原稿は荒井に押し付けることにした。面倒なので自分では読んでいない。

「いいですよ。星山さんの推薦なら読ませていただきます」

荒井は二つ返事で応じた。当然だ。間があったらからかんでやるところだ。

「推薦じゃないの。図々しい医者に渡されたの」

簡単に事情を説明し、着払いのバイク便で送りつけた。あとは直接コンタクトを取らせればいい。自分の知ったことではない。

夜になってさくらと落ち合い、一緒に食事をした。むかつく女だが、遠慮なく話せる友人というのが、もはやさくらしかいないのだ。

「すごいね、こんな店を予約して。もちろん奢《おご》りだよね」

麻布のフレンチ・レストランで、さくらは店内を見回して言った。さくらはコーデュロイのパンツにセーターという、学生のような格好だ。化粧っ気もない。三十半ばにもなって、それでさまになるのが癪《しゃく》に障るのだが。

「仕事はどう、順調なの？」とさくら。

「順調じゃない。神経科に通ってる」不貞腐れて言った。

「どうしたの？」驚くさくらに、愛子はここ最近の不調を訴えた。ちゃんと正直に言った。どうせ住む世界がちがうから、噂になることもない。

「ほら、やっぱり牛乳屋のせがれとガソリンスタンドの女の子にしなきゃ」

「茶化さないの。他人事だと思って」

「じゃあ、分析してあげる。牛山さん、順列組み合わせの恋愛小説を書くのに飽きたのよ」

「何よ、順列組み合わせって」愛子が色をなす。人の仕事を、失礼な。

「だってそうじゃない。水戸黄門と一緒で、結末が見えてるんだもん」

「ひどい。別れもあれば、出会いもあるのに」

「それはバリエーション。テイストは同じ。生活感がないのも同じ」

「中島さん、よく面と向かってそういうこと言うね」

「怒らないの。正直な意見の方がいいでしょ。どうせあんたの周り、いまや茶坊主ばかりなんだから」さくらがワインに口をつけ、いけるじゃん、とおどける。「牛山さん、また『あした』みたいな長編、書きなよ。あれは傑作だったよ、お世辞抜きで」

「でも売れなかった」下を向き、低い声で言った。

「売れなかったって、それはあんたの基準でしょう。初版三万で贅沢言わないの」

「こっちはベストセラーになると思ってた。人生が変わると思ってた」

実際、愛子は信じて疑わなかった。マンションを買う計画まで立てていた。

「まあ、くやしかったのはわかるよ。確かに、二十万売れてもおかしくない作品ではあったからね」

「でしょう？　血を吐く思いで書いたんだよ」

「わかる、わかる。読んでても伝わった。作家の気迫みたいなものが」

「それが報われることもなし。『じゃあ次お願いします』で書けると思う？」

「でもさあ、それでもあんたは恵まれてるよ」さくらが吐息をついた。「わたしが作ってる映画の本なんて、どんなにいい本でも五千部止まりだよ。在庫切れでも重版かけてくれないし、当然宣伝も打ってくれないし」

「うそ。どうして？」

「出版不況ってやつじゃないの。販売は在庫を抱えないのが手柄なのよ。確実に売れるものじゃないと次の一手は打たないの」

「頭にくるなあ」

「そんなものよ。傑作でも、凡作でも、売れるものを売るっていうのが企業だから。それは出版社でもメーカーでも同じことなのよ」

「それで割り切れるわけ？」

「しょうがないでしょう。フリーの編集者にできることなんてないんだもん」明るいさくらの表情が曇った。「著者に申し訳なくって、わたしなんか毎日が憂鬱だよ」

「そうなんだ……」

二人で暗くなった。愚痴をこぼして発散しようと思っていたのに。

「いいものを作れば売れるなんてうそだって、とっくにわかってるつもりだけど、現実に直面するとつらいよね」

「うん、そうだね」

「その代わり作品が残る、なんて言う人もいるけど、それもうそ。売れたものじゃないと残らない」

そうか、わたしの『あした』は消えるのか。身を削って書いた、我が子のような作品が。

ますます気持ちが沈んだ。せっかくの料理も、味がしなかった。

家に帰ると吐いた。ご馳走を吐いただけに虚しさはひとしおだった。

3

田中がポジを届けに来た。先日受けたインタビュー時に撮られた写真だ。愛子は毎回フォトチェックをする。放っておくと気に入らないカットを使われるからだ。

「ねえ、このカメラマン、イマイチなんじゃないの。まるで報道写真じゃないの」

愛子が不満を告げる。全体が荒っぽいのだ。

「そうですかねえ、これなんかいいと思うんですが」田中がマークしたカットを指す。

「いやよ、首のところに皺が出てるじゃない。これ、全部ボツ。以前、宣伝用にスタジオで撮ったやつがあったでしょ。あの中から使って」

「あのソフトフォーカスのやつですか」田中が迷惑そうな表情をしていたのだ。

「何よ、その目は」愛子がにらむ。田中が迷惑そうな表情をしていたのだ。

「いえ、わかりました。編集部に言ってみます」

田中が口をすぼめた。たぶん社内で揉めるのだろうが知ったことではない。

「あ、そうだ。星山さん、うちの雑誌で作家さんの紀行文を隔月でやろうと思ってるんですが、二回目にご登場願えませんか」

「紀行文？　そうねえ」愛子が考え込む。「いいわよ。パリに行こう」そう返事をした。ちょうどいい。そろそろ海外に行きたいと思っていたのだ。

「ブリストルに泊まって、新しい三ツ星で食事して……」

「あのう、国内旅行なんですけど」

「えー、けちけちしないの。パリを舞台にした短編も書くから。編集長に言っておいてよ」

「はあ、一応伝えます」

「一回目は誰なの？」

「奥山英太郎さんです。デジカメ持たせて東北の漁村を一人旅」

「じゃあ二回目は贅沢しなきゃ」無理矢理、理屈をつけた。「奥山さんって、売れてるの？」

「だめッスよ、あの人」田中が手を左右に振った。「毎回作風を変えるし、偏屈だし」

いい話だ。売れない同業者の話は実にすがすがしい。

田中が帰っていくと、今度は荒井から電話がかかってきた。

「先日、原稿を送っていただいた、神経科の先生の件なんですけど……」ああ、そうか。押し付けておいて忘れていた。「どうだった？　ちゃんと判読できた？」愛子が聞くと、「ぼく、面白いなあって思って」という、荒井の楽しげな声が返ってきた。

「うそ。マジで？」耳を疑った。あの伊良部が？

「いや、小説じゃないですよ。そうじゃなくて、イラストの方が」

「ああ、あれね」愛子は思い出した。原稿は、マユミの描いた奇怪な挿絵付だったのだ。

「実にユニークというか、ぶっ飛んでるというか……」

「わたし、ちらっとしか見なかったけど、宇宙人が描いたような絵でしょう」

「そこがいいんですよ。オンリーワンってそういうものですから」

「ふうん」なんだか面白くない。あの生意気な看護婦に絵の才能があるなんて。「言っておくけど、イラストは医者じゃなくてマユミっていう看護婦だからね」

「そうですか。じゃあ、こっちでコンタクトをとってもいいですか」

「どうぞ。ちなみに原稿はどうだったのよ」

「星山さんには言いにくいんですが……」

「いいわよ。別に義理なんてないんだから」

「支離滅裂です」

そうだろうな。あの客観性皆無の男に文章が書けるとは到底思えない。

雑用を片付け、仕事に向かった。商社マンと客室乗務員の出会いのシーンだ。ロンドン発東京行きの直航便。ビジネスシート。純子は一人の男に目を留めた。長身痩軀、彫りの深い顔立ち。確かロンドンに来るときも同じ便だったビジネスマンだ——。

パソコンを打つ手を止める。愛子の頭の中で、何かがぐにゃりと捩《ねじ》れる感覚があった。これ、絶対に書いてる。今度こそ間違いない。どうして構想の時点で気づかなかったのか。愛子はあわててリストを手にし、題名と登場人物を目で追った。

なかった。いや、うそだ。単なる見落としだ。また全部読み返すのか。突然、動悸が激しくなった。同時に猛烈な吐き気に襲われ、椅子から立ち上がる間もなく、胃の中のものをキーボードの上に吐き出した。

愛子は顔をゆがめた。もう一人の自分が言っている。あんた、やっぱり異常だよ。わかっている。強迫症と、嘔吐症だ。読み返してみれば、きっと書いてない。それでも書き出すと、また不安に駆られる。休んだ方がいいのかな。愛子はキーボードのコードを引き抜くと、そのままキッチンのゴミ箱に捨てた。やる気がなくなった。もっともここ二年間、一度もやる気になったことなどないのだが。

「やったね。ぼくも作家だもんね。印税生活なんだもんね」

伊良部が目の前でにやついていた。愛子は眉をひそめ、カバが相好をくずすとこうなるのだろうかと場違いなことを考え、ただ眺めている。

「星山さん、荒井さんから聞いた？　昨日病院に電話があって、面白いからぜひ一度お会いしたいって」

おい、それはマユミのイラストだろう。何の誤解をしているのか。

「実にユニークで素晴らしい、ほかに作品があったら見てみたいって」

だからそれはイラストだって。

「電話で最初に『面白いですよ』って聞いただけで飛び上がっちゃった。やっぱり人に褒められるってうれしいもんだね」

あんた、人の話は最後まで聞かないと。

「三十枚くらいなら一晩で書けるからね。また読んでもらうんだ。で、何枚書けば本になるわけ？」

「ええと、最低二百枚は必要だけど」

「えー、そんなに。マユミちゃんのイラストで埋めるってのはだめなの？」

愛子は無言でかぶりを振った。ま、いいか。荒井が困惑するだけだ。自分は知らないふりをしていよう。

当のマユミは、ベンチで俯《うつぶ》せになり、スナック菓子を食べながら雑誌を読んでいた。

「あ、そうだ。看護婦さん、わたしの本を持ってきたの。欲しい人にあげて」

愛子は自著を詰めた紙袋を差し出した。恋愛小説数冊に『あした』も入れてある。

「そのへんに置いといてくれますかぁ」マユミが面倒くさそうに言った。

頬がひくひくと痙攣《けいれん》した。サイン会を開けば若い女が行列をなすというのに。

「ところで症状はどう？　よくなった？」伊良部が言った。

「よくないから来たんですっ」つい口調が荒くなる。「小説を書こうとすると、強迫観念に囚われるわ、胃の中のものは吐くわ、ますますひどくなってますっ」

「休むのがいちばんいいんだけどなあ」

「そんな悠長なこと言わないでください。毎月二本は短編の締め切りがあって、それ以外に長編の連載だってあるんですから」

「間に合わないとどうなるの？」

「間に合わないと……」愛子は口ごもった。「新人の予備の原稿が載ることが多いかな」

「なんだ。白紙になるわけじゃないんだ。だったらいいじゃん」

「いいじゃんって……。信用問題でしょう。こっちはプロなんですからね」

本当は原稿を落とすくらい図太くなりたいのだが、そんな勇気はない。休む勇気はもっとない。

「だったら、いつもとちがうことをするっていうのも手だけどね」

「いつもとちがうこと？」

「そう。星山さんの話を聞いてると、ルーティンワークが強迫観念を引き起こしてるわけだから、いっそ恋人同士が殺し合いを始めるとか、情事の最中に幽霊が出てきてベッドを揺らすとか。君、激しいねえ、ううん、これわたしじゃないわ——なんて、あはは」

伊良部が大口を開けて笑う。この馬鹿、いったい何を考えているのか。

「あのねえ、一応、星山ブランドっていうのがあるんです。看板に傷がつくでしょう」

「だから一旦、看板を下ろすわけ。軽くなると思うよ」

「看板を、下ろす……」

愛子は言葉に詰まった。確かに、心当たりはある。『あした』が売れなかったせいで、自分はますます看板にしがみつくようになった。冒険をしなくなった。

「恋人がエイリアンで、人間の痰《たん》が好物とかさ。夜な夜な痰壺を求めてジュルルルって」

おい、おっさん。顔をしかめた。

「とにかく、人間には変化も必要だからね」

「はあ」愛子がうなずく。癪だが、納得する部分はあった。今の自分は、守りの態勢だ。


家に帰ると、伊良部の勧めに従ってみることにした。どうせ、いつもの恋愛小説を書こうとすると具合が悪くなるのだ。締め切りは先だし、試してみる価値はある。ホラーやSFはともかくとして、インモラルな官能小説なら書けるかもしれない。愛子は新品のキーボードに指を乗せた。

妹の夫の視線を感じたのは義父の葬儀の夜だった。喪服を着た清美のうなじを、そっと盗み見ていたのだ。目が合うとあわてて逸らせた。酒を飲まない義弟の頬が赤かった——。

気分が悪くなった。だめだ、気取りが取れていない。同じものを平行移動しようとしているだけだ。一度壊さなければ。

あたいのマンコはどす黒い。使いすぎたせいだ。これというのも妹の絶倫亭主が悪い。毎日仕事を抜け出してはアパートにやってきて、あたいを求めるのだ。おまけにあれこれ入れたがる。昨日は大根だ。死ぬかと思った——。

いくらなんでもこれはないだろう。愛子は頭を抱えた。これをメールで送ったら編集部は騒然となる。

電話が鳴った。出ると荒井だった。

「星山さん、困りました。伊良部とかいう先生がなにやら勘違いしたみたいで、会社までやって来たんです」声を低くしていた。「こっちはイラストのマユミさんを呼んだつもりだったんですけどね」

「あっ、そう。あの医者、人の話は聞かないからね」愛子は面白くなったとほくそえんだ。

「そうなんですよ。遠まわしに言っても通じなくて。『いつ本になるのかなあ』って子供みたいにはしゃいでるんです」

「本にしてあげれば？　まぐれで売れるかもしれないよ」

「そんな」苦しげに言った。「とりあえず原稿は預かりますが、あとは星山さんの方でうまく説明してもらえませんか」

「あんたねえ、わたしの仕事を増やすつもり？」

ぞんざいに言い捨て、電話を切った。困りきった荒井の顔を思い浮かべ、ふんと鼻を鳴らした。

窓の外を眺め、意味もなくため息を漏らす。

自分も意地悪な女になったものだ。編集者を困らせてはよろこんでいる。

昔はこうじゃなかった。もう少しやさしかった。

これも『あした』のせいだ。結局売れずじまいで、愛子がまだ立ち直れないでいるとき、担当編集者がほかの作品でベストセラーを出して鼻息を荒くしていると人づてに聞き、編集者全般を冷ややかな目で見るようになった。これはきっと、不幸なことだ。

パソコンの画面に目をやる。馬鹿げた原稿を削除した。こんなの、発表できるわけがない。

自分はいったいどうなりたいのだろう。〝恋愛のカリスマ〟として君臨したいのだろうか。

お金持ちになっていい生活をしたいのだろうか。

きっとちがう。『あした』みたいな小説を、また書きたいのだ。書き上げたときは本当に興奮した。苦しんだぶん、達成感はこのうえもなく大きかった。わたしはすごいと思った。

次を書く意思はある。でもどうやって頑張っていいのかわからない。仮に頑張れたとしても、結果が怖い。

もし次も惨めな結果に終わったら、自分は本格的に世をすねるだろう。人のせいにするだろう。わたしはそういう人間だ。心が広くないのだ。

愛子はパソコンの電源を落とした。今は、何も書きたくない。

伊良部の言うとおり、小説はしばらく休もう。半年ぐらいなら、椅子は残っている。エッセイや紀行文でお茶を濁すのもいい。

机に伏した。泣きたくなった。自分はなんて孤独なのだろうと思った。


急遽、対談に出ることになった。愛子が「書けない」と田中に告げると、かねてから持ちかけられていた対談企画でページを埋めることになったのだ。

グラビアページも用意すると言われ、了承した。新しい着物を買ったばかりなので、それを披露したい欲もあった。エステにも行った。ヘアメイクも決めた。誌面に出るとなれば、女のアドレナリンが体を駆け巡る。

相手は近年売り出し中の、若手女性作家だった。作品を読んだら、ジュニアものに毛が生えた程度の恋愛小説だったので安心した。こんなので売れるのかという腹立たしさもあるが。

「麗奈《れいな》と申しますぅ」ホテルの個室で田中の紹介を受け、深々と頭を下げてきた。舌足らずな、甘えた声だった。

「苗字はなんておっしゃるの?」ないことを知ってて聞く。

「名前だけなんですぅ。その方が覚えていただけると思って」図々しいペンネームだ。チビでデブなのに。服装を素早くチェックすると、エルメスの新作スーツを着ていた。四十万円はするものだ。全然似合っていない。

「素敵なお着物ですね」と麗奈。「まあ、そちらこそ」と愛子が返す。しばし互いの服装を褒め合った。

まずはホテル内の会席料理店から運ばれた御膳弁当を食べ、三人で世間話を交わす。「もう、田中君ったらぁ」麗奈が田中相手にしきりにシナを作った。

「星山さん、聞いてください。この前なんか試写会で居眠りしてるんですよ、彼」

ほう、こっちは誘われたこともない。田中を見ると、ひきつった笑みを浮かべた。田中の優先順位が一気に下がる。

「レストランでワイン選びもしてくれないし。こういうのって、男として問題ですよね」

田中の依頼原稿は、校了最終日にあげることに決めた。

デビュー間もない作家は、担当を私物と勘違いする。この女が典型だ。構ってもらえるのがうれしくて仕方がないのだろう。

食事が済み、対談が始まった。テーマは「恋愛小説の行方」だ。

「星山さんの小説を読んでて思うんですけどぉ、女性の描き方がとってもうまいっていうか、本当に身近にいそうで、つい『いるいる』ってつぶやいてるんですよね」

麗奈が愛子を持ち上げる。悪い気はしないが、とくにうれしくもない。

「それでいて貧乏臭くないじゃないですかぁ。みんな、スタイリッシュだし」

「それは無駄な生活感を出したくないからなの。特に短編は枚数が限られるでしょ」

「でも、みんな高層マンション暮らしなんですね」

「あら、そうだったかしら」図星なので、ややむっとする。

「そうですよぉ。都会の夜景を見ながら主人公が心の中でつぶやくシーンがお好きなんだなあって」

「麗奈さんは白亜の御殿がお好きね。主人公はたいてい実業家の令嬢だし」

一応、言い返した。この女の小説は金持ちしか出てこないのだ。

「わたし、昔から憧れてたんです。そういう暮らしに」

「でも、小説はおとぎ話じゃだめなのよ」

「そうですね。星山さんを見習います」麗奈が上目遣いに言う。「編集者とか、広告ウーマンとか、キュレーターとか、そういうバリバリのキャリア女性も書いてみます」

キュレーター？　どきりとした。あの原稿は頓挫したままのはずだが。愛子の背筋に冷たいものが走る。

「わたし、キュレーターって登場させてたかしら」

「出てませんでしたっけ？　だったら勘違いかもしれません。いかにも星山さんのパターンっぽいから」

パターンっぽい？　頬がひくひく痙攣した。でも、それよりキュレーターだ。やはり見落としだったのか。

「それから商社マンがよく出てきますけど、昔の恋人にいたんですか？」

「ううん。そうじゃないけど」

「じゃあ、長身痩軀で彫りの深い商社マンがお好きなんですね」

喧嘩売ってるのか、この小娘。愛子は顔が熱くなった。

「麗奈さんこそ、乗馬部やアメフト部のキャプテンがお好きね。それから美大の学生も」

「星山さんは美大だと苦学生になるわけですね。それで裕福な家庭の女子大生が惹かれていくってパターン」

「ねえ、そのパターンって言い方やめてくれる」真顔で言った。

「あのう、ここで話を整理するとですね――」田中が割って入る。大汗をかいていた。「恋愛小説は、登場人物の設定が作家さんの個性の表れであると――」

「誰もそんなこと言ってないでしょう」愛子がとがった声を発した。

「すいません。お気に障ったのなら謝ります」と麗奈。全然申し訳なさそうではない。「恋愛小説って、人物設定よりもアフォリズムですものね」

えらそうに。気の利いた台詞《せりふ》のひとつもないくせに。

「でも、大人をうなずかせるアフォリズムってむずかしいのよ。麗奈さんの読者は十代だから、却って類型が好まれるんじゃないかしら」

「星山さんのアフォリズムって、『女は自分鏡を持っている』って類のやつですよね。三回ぐらい読みました」

「麗奈さん、いつも出てくる『恋は解けない方程式』ってどうかと思うわ。それを解くのが小説だから」

「いいんです。人気投票で一位だし。ねえ田中君」

「あ、いや、その」田中がしどろもどろになった。

なんだ、この対談は。愛子は完全に頭にきた。こんなもの原稿に起こされてたまるか。ボツだ。小説を書いてやる。休筆は撤回だ。この女の手の届かない大人の恋愛小説を書いてやる。書きかけの原稿だって悪くない。手を入れて、もう一ひねりして——。

待てよ。キュレーターって使えないんだっけ。それから商社マンも。パターン。その言葉が耳の奥で渦巻いている。

愛子の頭がぐるぐる回った。血が下がっていくような感覚があり、入れ替わりに胃の中の物がこみ上げてきた。えっ？

うそ、やめてよ。心の中で悲鳴をあげる。

立ち上がると同時に、テーブル上に吐いていた。麗奈と田中とカメラマンが凍り付いている。消化中だった海老や蓮根の破片が目に飛び込む。

愛子はテーブルクロスの裾を持ち上げると、吐いたものを覆った。そのまま部屋を後にし、振り返ることなく廊下を走った。

この場から消えること以外、何も考えられなかった。

4

三日間、寝室にこもった。思い出すたびに恥ずかしさで胸が張り裂けそうになり、叫びたくなるのを堪えていた。

おまけに、田中の見舞いの電話にヒステリーを起こしてしまった。あの女の担当を続けるならわたしの担当を降りろ、と口走ってしまった。とんだ八つ当たりだ。気のやさしい田中は途方に暮れていることだろう。

何度か起き出して、パソコンに向かってみたが、やはり書けなかった。ストーリーを練ろうとするだけで吐き気を催し、実際にもどしてしまうのだ。この状態は、もはやシャレにならない。

愛子は作家生命の危機を感じた。自分の価値は、割と冷静にとらえている。量産してこその流行作家なのだ。自分はこのまま消えていくのだろうか。『あした』と一緒に。出るのはため息ばかりだ。

電話が鳴る。いやいや受話器を持ち上げると、荒井だった。

「星山さん、助けてくださいよ。例の伊良部先生。『どうすれば本になるんだ』って連日押しかけられて、こっちは仕事にならないですよ」

泣きそうな声だった。あのカバ医者。まだやっていたのか。

「ちゃんと言ったわけ？　あんたに才能はないって」

「そこまでは言いませんけど、一応、今のレベルでは難しいって、諭《さと》してるんですよ」

「だめよ、諭すぐらいじゃ。迂回した表現が通用しない人間なんだから」

「そうなんですよ。文章が悪いと指摘すると、どこが悪いのかって問い詰められて、いつの間にか添削をさせられて、昨日も三時間面談。でもって、先ほど電話があって、直したのでこれから行くって。やくざの追い込みよりきついッスよ」

「本にしてやれば？　らくになれるわよ」愛子は投げやりに言った。

「頼みますよ。できるわけないじゃないですか」

「わたしゃ知らないね」

「そんな……」荒井が言葉に詰まっている。

「いい考えがある。あの医者をマスコミに出すの。奇人だからきっと不思議な人気が出るよ。そしたらタレント本になるじゃない。あんたの会社、タレント本はお家芸でしょう」

「最初からタレントならともかく……」

「そうだよね。勝ち馬に乗るのがあんたらの商売だから」

「意地悪を言わないでくださいよ。平社員なんて何の権限もないんですから」

「わたしの担当も、上から命令されてなった、と」

「いいえ、そんなことは……」一瞬、返事に間があった。

「ああ鬱陶しい」愛子は声を荒らげた。「この役立たず。事なかれ主義者。根性なし。太鼓持ち。短足。これからわたしが会社まで行ってやるよ。医者でもなんでもなじり倒してやる」

「えっ、来ていただけるんですか」

「茶菓子用意して待ってなさいっ」

愛子が電話をたたき切る。ベッドから跳ね起き、髪をといた。誰かを罵倒したい気分だった。全員、大嫌いだ。編集者も、自分も、そのへんを歩いている人間も。

全部エゴだとわかっている。でも止まらない。すべての感情がはちきれそうなのだ。

出版社に乗り込むと、応接ロビーの一角の丸テーブルで、すでに荒井と伊良部が向かい合っていた。

「あっ、星山さあん。助けてよ。この人、話がわからなくてさあ」伊良部が甘えた声を出す。

「わからないのは先生でしょうっ」愛子はいきなり叱りつけた。「そんな小学生みたいな作文が、本になって書店に並ぶわけがないでしょう。大人なんだから常識で判断しなさいっ」

伊良部が目を丸くした。「星山さん、どうかしたの？　頬がひくひくしてるよ」悪びれた様子はない。ますます頭に血が昇った。

「あのねえ、小説をなめるんじゃないよ。作家がどんな思いで書いてると思ってるのよ。みんな、身を削って、からからに乾いた雑巾をさらに絞って、そうやって一語一語を編み出してるんだよ。それをど素人が――」

「星山さん、顔が赤い。熱でもあるの？」

「あるわよっ。こっちはマグマが噴火しそうなんだよ」

「そうだよね。嘔吐症だもんね」

唇が震えた。このノータリン。顔に吐きかけてやろうか。

「でも、荒井さん、面白いって言ったんだよ」伊良部が口をすぼめて言う。椅子にもたれ、洟《はな》を一回すすり上げた。

「へっ？」愛子が言葉を失う。荒井を見ると、「あ、いや、その」と舌をもつれさせていた。

「面白いっていうか、何度か書き直してもらっているうちに、奇妙な味わいが出てきたというか……」

「ほら、ぼくって才能あるんじゃん」伊良部が得意げに胸を張った。

「なによ、そうなの？」愛子が聞く。

「才能っていわれると……。要するに、天然のおかしさというか、誰にも真似できない馬鹿馬鹿しさというか……」

「貸しなさいよ」愛子が原稿を取り上げて目を走らせた。無茶苦茶な文章だ。絵でいうならアブストラクトだ。ピカソかもしれないし、狂人かもしれない。

「編集者の性《さが》でしょうか。少しは長所を見出そうと思って、読んでみたら、面白く読めなくもないというか……。それを先生に告げたら、その気になられて」

「じゃあ、あんたが責任とって本にすればいいでしょう。人騒がせな」荒井をにらみつけた。

「わーい。本だ、本だ」伊良部が万歳している。

「無理ッスよ。これを本にするほど業界は牧歌的じゃないですよ。星山さんもおわかりでしょう。これはという本ですら売れないんですから」

「それはあんたらのせい」

「そうだ、そうだ。おまえが悪い」と伊良部。

「おまえって、あなたそれでも精神科医ですか」荒井が色をなした。

そこへ見たことのある女が通りかかった。中島さくらだ。フリーの編集者だから、出版社で見かけるのは珍しくもないのだが。

「あら、中島さん。どうしたの？　仕事？」

愛子が声をかけると、さくらは浮かない表情で近寄ってきた。面識があるらしく、荒井も挨拶をする。

「知り合いの撮った映画のＰＲに来たんだけどね。冷たいもんだね、大手出版社は」さくらが不機嫌そうに言った。「話題作じゃないと囲み記事にもできないってさ」

たばこに火をつけ、立ったまま吸った。苛立った様子で、ため息と一緒に煙を吐き出す。

「荒井君も、いい本を作ったら、ちゃんと売ることだね」

「そう。中島さん、よくぞ言ってくれた」愛子が合いの手を入れる。

「あんたのことじゃないよ。あんたはいい身分の流行作家でしょう」

さくらの言葉にかちんときた。「いい身分って。それはひどいんじゃない？」

「じゃあ、ぼくの本のことだね」と伊良部。

「誰？　この人」

「いいんです。無視してください」と荒井。

「なんだとー」つかみかかろうとする。

「それよりいい身分って何よ。取り消しなさいよ」愛子が伊良部を手で払いのけ、さくらと向かいあった。「こっちは悩んで、苦労して——」

「それでもいい身分だよ。一億二千万人しかいない日本語圏に、いったい何人の職業作家がいるのよ。数百人は禄を食《は》んでるんじゃない？　編集者にちやほやされて、打ち合わせと称しておいしいものを食べて、アゴ足つきの大名旅行をして。そんな国、世界中で日本しかないよ。この国は作家天国なんだよ」

さくらが低い声で言葉を連ねる。荒井が鼻をひくつかせた。

「ちょっと、荒井君。今、よくぞ言ってくれたとか思ったでしょう」愛子が腕をたたくと、荒井は硬い表情で頬を赤くし、返事をしなかった。

「牛山さんもねえ、一度や二度挫折したぐらいでブーたれてんじゃないよ。こっちはもっと辛い現実にいくつも遭遇してんのよ」

「何よ、何を怒ってるのよ」

「じゃあ話してあげる」さくらが一呼吸置く。目が真剣だった。「わたしがずっと応援して追いかけてた若手監督がいてね、三年振りに新しい映画を撮ったんだよ。それがものすごくいい出来でね。マニア向けじゃないよ。独りよがりのものでもないよ。洒落《しゃれ》てて、高度で、良質な娯楽作品だよ。役者もいい。カメラもいい。試写室でわたしは泣いたね。そして興奮したよ。これでこの監督はブレイクする。とうとう日の目を見るって——。それなのに、客が入らないのよ。封切り初日、家でじっとしていられなくて映画館に行ったら、監督とプロデューサーが閑散とした客席の片隅にいてね、もうどうしようかと思ったよ。わたしだって気づかれてるけど、顔を合わせられない。かける言葉も見つからない。終わったとき、わたしは目礼だけして帰ったよ。監督、健気《けなげ》に微笑んでたよ」

　愛子は黙った。荒井も伊良部も下を向いている。

「まだ可能性はある。きっと口コミで広がるはずだって思って、その後も映画館の周りをうろつくんだけど、それでも客が入らない。製作費が安いから、宣伝するお金もなくて、どうしようどうしようと思ってるうちに、たった二週間でレイトショー行き。こんな残酷な話ってある？　これが日本映画の現実だよ。入るのはアニメとテレビの焼き直しばっかり。大手企業が出資して、人気タレントを使って、大宣伝して、大動員して、目先の金を稼いで作り逃げ。こんなふざけた話ってある？」

　声が震えていた。見上げると、気の強いさくらが涙ぐんでいた。

「あの監督、これからどうやって頑張ればいいのよ。年明けの『キネ旬』でベストテンに入るぐらいじゃ癒されないね。セールスを残さなきゃ、次のチャンスなんてなかなか訪れないんだよ。監督の胸の内を思うと、わたしは当分笑えないね。おまけに、わたしには何もできない。せいぜいつてをたよって雑誌に売り込むぐらいだよ。いまだに近寄れない。電話もかけられない。せめて、自棄《やけ》を起こさないでくれって、祈るしかない。関係者にそっと聞いたら、彼、毎日街をふらついてるってさ。どこも行くところがなくて、人にも会いたくなくて、一人でただ歩き回ってるんだよ。わたし、それを聞いてどうにもやりきれなくなったよ」

　そうか、みんな挫折すると彷徨《ほうこう》するのか。愛子にも心当たりがあった。『あした』が売れなくて、家にいるのがいやで、毎日映画館をはしごしていた。行くところがなくて、最後は船橋まで足を延ばした。遠く離れた映画館でスクリーンを眺めながら、自分は何をしているのだろうと泣きたくなった。

「この国で映画の仕事やってると、こんなのばっかだよ。ここで報われないとこの人だめになる、だから神様お願いですからヒットさせてくださいって天に手を合わせるんだけど、それでも成功することの方がはるかに少ない。わたしは彼らを前にして思うよ。せめて自分は誠実な仕事をしよう、インチキに加担だけはすまい、そして謙虚な人間でいようって——」

愛子は目頭が熱くなった。荒井も目のふちを赤くしていた。伊良部は神妙にしている。

「悪いね、青臭いこと言っちゃって」

「いいえ……」荒井が声を詰まらせながら言った。「その映画、今日にでも観てきます。みんなに宣伝します」

「ありがとう。頼んだよ。牛山さんもね」

愛子がうなずく。涙がぽとんとスカートにたれた。さくらは踵《きびす》を返すと、大股で玄関へと歩いていった。

三人とも、しばらく口を利かなかった。大手出版社のロビーを、雑多な人間が行き来している。

窓の外はいつの間にか雨模様だった。誰が降らせた雨か、すぐにわかった。

「昨日の人、かっこよかったね」伊良部が目をくりくりさせて言った。

「わたしの友人ですからね」愛子が誇らしげに答える。また診察室に来ていた。原稿の件はあきらめるように言いに来たのだ。荒井に押し付けるのは可哀相だ。

伊良部は肩をすくめ、了承してくれた。「ま、いいか。漫画の方が好きだし」

「漫画の持込なら、どこでも常時受け付けてますよ」

「ほんと？　じゃあ今度傑作を描いて――」

「ただし門の狭さは作家の比じゃないけどね。競争の激しさも」

伊良部は下唇をむくと、「当分は医者でいい」と頭を掻いた。

「物を作る現場って大変そうだね。みんなストレス多そうだし。今度編集の人たちに宣伝しといてよ。〝作家と揉めたら伊良部総合病院〟って」

あのなあ、ストレスを与えていたのはあんただろう。吹き出しそうになるのを堪《こら》える。

「先生、お医者さんの無念って何ですか？」愛子が聞いた。

「そりゃあ患者さんが死ぬことだよ」伊良部が鼻に皺を寄せて言った。

そうか、医療の現場は人の死と直面するのか。安易に想像するのが失礼なほどの、大変さだろう。

「医局員時代、ぼくは内科にもいてね。小さな子供が治療の甲斐もなく亡くなると、担当したみんなが泣いたね」

そうだろうな。胸が張り裂けるとはこのことにちがいない。

「弔いのカラオケをやろうって誘っても、みんな乗ってこなかったもんね」

「おいっ」つい声に出していた。

「だから供養の意味だって」

まったく、この男は。いつか絶対に小説にしてやる。わたしは、転んでもただでは起きないのだ。

「もう書けそう？」と伊良部。

「たぶん、大丈夫だと思います」愛子が答える。

きっと大丈夫だ。そんな気がする。負けそうになることは、この先何度もあるだろう。でも、その都度いろんな人やものから勇気をもらえばいい。みんな、そうやって頑張っている。さくらの昨日の言葉には、本当に励まされた。反省もした。自分の小ささを恥ずかしく思った。世界のあちこちで起きている激しい出来事に比べれば、作家の仕事など砂粒のようなものだ。消えたっていい。風に飛ばされたっていい。そのときどきで、一瞬だけ輝いてくれれば。

愛子は診察室をあとにした。ここに通ってよかったかな。小さく思い、苦笑いした。少なくとも、気はらくになったのだから。

階段を昇りかける。「あのう」その声に振り返ると、看護婦のマユミがいた。

なんだろう。足を止める。

「星山さんの『あした』、読みました」マユミがぼそぼそと言った。

予期せぬ投げかけに、愛子はうまく反応できなかった。

「すごく面白かったから、言っておこうと思って」

「あ……」愛子は言葉を失った。忘れてた。読者がいた。

「わたし、小説読んで泣いたの、生まれて初めてだったから」

わたしは救いようのない馬鹿だ。読者を忘れていたなんて。

マユミは怒ったような顔をしていた。目も合わせない。照れているのだ。可愛い。

「そう、ありがとう」愛子は心から言った。飛び上がりたいほどのうれしさだ。

「それだけ。またああいうの、書いてください」

「うん、書く。今日から書く」

マユミが小走りに去っていく。なによ、もっと話そうよ。この愛想なし。

でも感激した。わざわざ追いかけて、言ってくれたのだ。胸が熱くなってきた。

人間の宝物は言葉だ。一瞬にして人を立ち直らせてくれるのが、言葉だ。その言葉を扱う仕事に就いたことを、自分は誇りに思おう。神様に感謝しよう。

「えーい」愛子は二段跳びで階段を駆け上がった。そのまま外に出ても走った。

「いやっほー」ジャンプした。

初出誌

空中ブランコ　オール讀物　平成15年1月号
ハリネズミ　オール讀物　平成15年7月号
義父のヅラ　オール讀物　平成15年10月号
「教授のヅラ」を加筆改題
ホットコーナー　オール讀物　平成15年4月号
女流作家　オール讀物　平成16年1月号

奥田英朗 Hideo Okuda

1959年、岐阜県生まれ。
プランナー、コピーライター、構成作家を経て作家になる。
著書に『ウランバーナの森』『最悪』『東京物語』
『イン・ザ・プール』『マドンナ』『真夜中のマーチ』など。
'02年『邪魔』で第4回大藪春彦賞受賞。
スポーツにも造詣が深く、『野球の国』
『延長戦に入りました』などの作品がある。

空中《くうちゅう》ブランコ

2004年4月25日　第一刷発行
2004年7月30日　第七刷発行

著　者　奥田英朗《おくだひでお》

発行者　白幡光明

発行所　株式会社　文藝春秋
〒102-8008　東京都千代田区紀尾井町3-23
電話　03-3265-1211

印刷所　凸版印刷

製本所　加藤製本

万一、落丁・乱丁の場合は送料当方負担でお取替えいたします。
小社営業部宛、お送り下さい。定価はカバーに表示してあります。
ISBN4-16-322870-5

林　真理子

野ばら

宝塚の娘役の千花とフリーライターの萌。華やかな世界に生きる若く美しい親友同士は、それぞれ思い通りにならない恋に悩んでいた

池井戸　潤

株価暴落

巨大スーパーを襲った連続爆破事件。緊急追加支援要請を巡って白水銀行審査部の板東は企画部の二戸と対立する。傑作金融ミステリー

伊野上裕伸

特別室の夜

看護師の理恵は湘南老荘病院の特別室で療養する個性的な人々に翻弄される毎日。やがて病院の患者の受け入れ方に疑問を感じていく

唯川　恵

不運な女神

駆け落ちから三年、年下の男との生活を必死で守ろうとした由紀江だが……静かな日常を波立てる恋に惑う女達。情感溢れる恋愛小説集

岩井志麻子

恋愛詐欺師

体と化粧と作り声で世の男どもをとことん手玉に取ってやる！　表題作など、都会に巣くう「悪男悪女」の黒い恋愛模様を描く短篇集

中山可穂

弱《よろ》法《ぼ》師《し》

難病を抱える少年と、少年に父親を超えた愛情を抱く義父との交流を描く表題作など、激しくも狂おしい愛の形を描く中篇三篇を収録

藤田宜永

左腕の猫

銀座で知り合った尚子と、彼女が飼う猫を間にはさんでの私との不倫関係は、ある日突然終わりを告げる。猫をテーマに描いた短篇集

小池真理子

雪ひらく

秘めた関係を断ち切って故郷に戻った女の心の空ろを、細やかな筆致で描く表題作他五篇を収録。独りで生きる女の恋情鮮やかな短篇集

山之口 洋

瑠《る》璃《り》の翼

史上最悪の作戦・ノモンハン事件。凄惨な地上戦を援護した〈稲妻戦隊〉を率いた将校・野口雄二郎と名パイロット達の苦闘を描く長篇

池上永一
ぼくのキャノン
戦時中、沖縄のグスクに設置され村の象徴とされてきたカノン砲。マカトオバァらにより戦後豊かになった村には大きな秘密があった

西田俊也
やんぐとれいん
青春18きっぷでの同窓会――集まったのは異色の六人。卒業から十四年、今では遠い友との短い旅が日常に倦んだ心を温かく揺らす

志水辰夫
男坂
忘れ得ぬ人との邂逅、招かれざる者との再会など、人生の年輪を重ねた者たちが見せる人間模様を硬派に描く。七篇収録の珠玉の一品

イン・ザ・プール

奥田英朗

どっちが患者なのか？　精神科医伊良部のもとを訪れた悩める者たちは、その稚気に驚き、呆れ……。注目の作家が放つ、待望の怪作！

文藝春秋の本